えっ、能力なしでパーティ追放された俺が全属性魔法使い!?

e, nouryokunasi de party tsuihou sareta ore ga zenzokusei mahou tsukai!?

～最強のオールラウンダー目指して謙虚に頑張ります～

4

Author
たかた ちひろ
Takata Chihiro

Illust.
たば

登場人物紹介
Main Character
キューちゃん
タイラーが召喚した高位の精霊獣。猫の姿と少女の姿を自在に変えられる。
フェリシー
タイラー達が保護した幼女。元はバイオレットという名前で魔族の仲間だった。
タイラー
魔法が一切使えないことを理由に、パーティから追い出された冒険者。全属性魔法を習得した後、冒険者として再出発する。
アリアナ
明るく活発なタイラーの幼馴染。水属性魔法と弓を使うのが得意。

テティス
海を司る魔族。
ウラノスとは
犬猿の仲。
ウラノス
正体不明な魔族の幹部。
タイラーたちの事情に
詳しいようだが……
ノラ
サンタナ王国の王女。
姉のマリとは異母妹。
サクラ
マリお付きの優秀な
メイド。表情があまり
変わらない。
マリ
タイラーに匿ってもらっている元王女。今は
精霊を操る魔法使い。

一章　全属性魔法使いは王女とともに北へ

どうしてこんなことになったのだろう。

そう思いながら、俺――タイラー・ソリスは窓の外に広がる雪景色を眺《なが》めた。

つい先日まで、東の方にあるツータスタウンという辺境で官吏《かんり》を任され、魔族の棲《す》むダンジョン調査をしていたはずが、今は一転して北へと向かっている。

そこに広がるのは、一面の銀世界。見渡す限り雪が積もっている。

灰色の空からちらちらと舞う白い雪が、その地面のかさをさらに増していた。

俺の出身地であるトバタウンだと、ここまでの積雪は見られない。

ある意味では憧《あこが》れすら覚えるような、珍しい光景だった。

俺の妹のエチカや幼馴染《おさななじみ》のアリアナも、後方の馬車でこの景色に夢中になっていることだろう。

ただ、景色はともかく、この厳しい寒さは想像以上だ。

猫の見た目をした高位の精霊――キューちゃんがいなければ、凍《こご》えていたかもしれない。

「にゃむ……ご主人様ぁ」

その豊かな毛がもたらす温《ぬく》もりは、まるで天然の湯たんぽだった。お腹に手を入れていたら、熱いくらいだ。

そんな俺の隣《となり》でキューちゃんの温かさの恩恵《おんけい》に与《あずか》っている者が声をかけてきた。

「外ばかり見ていますが、それほど珍しいですか？」

キューちゃんの背中に手を当てながらそう言う彼女は、ノラ・サンタナ。

このサンタナ王国の王女であり、政変に巻き込まれた元王女・マリの腹違いの妹だ。

マリを俺が匿《かくま》うことになった後、ノラは周囲に担ぎ上げられるまま、王女としての役目を担《にな》っている。

今や彼女は、この国でもっとも重要な人物の一人だ。

そのオーラも、俺みたいな一般階級の人間とはかけ離れていて、トップにふさわしい。

ブロンドの髪はまるで純金で作った糸のようだし、琥珀《こはく》の瞳は銀景色の中に灯る聖火と見間違うほど美しい。

まるで雪の精霊とも表現できそうだ。

まぁ、彼女の性格を知っている人間からすれば、精霊なんて生易《なまやさ》しいものではないのだが……

どちらかといえば、雪の女王だ。

「えっと、ノラ王女は見慣れているのですか」

俺は景色を見るのをやめて、ノラ王女に向き直る。

「いいえ。わたしも北の領土を最後に訪れたのは、幼い頃です。ただ、別に楽しむようなものでもないと思いまして、ふふ」

「そ、そうですか……」

話を続けようとしたが、彼女にあっさり打ち切られてしまった。

興味のないことには、とことん無関心らしい。

会話がなくなったことで、馬車が進む音だけが車内に響く。

なんとも気まずい。

俺は、冷たくなった指先に息を吹きかけた。

そして、この空気から現実逃避するように、なぜ俺がこんなところにいるのかを思い返し始める。

事の発端《ほったん》は、ノラ王女から任命されたツータスタウンでの官吏《かんり》としての役目を終えて、拠点のミネイシティに帰還してからひと月も経たぬ頃。

またしても彼女から召集がかかり、俺は一人で王城へと出向くことになった。

前回ほど緊張することもなくノラ王女に謁見《えっけん》した俺は、最初に労《ねぎら》いの言葉をいただいた。

「ツータスタウンでの魔族退治、それに町の管理。大儀《たいぎ》でしたね。さすがは超一流冒険者様の手際《てぎわ》といったところでしょうか」

それから、いくつかの宝石を褒美《ほうび》として受け取った。

本当は爵位《しゃくい》も与えるつもりだったようだが、それは辞退した。

俺をうまく使おうとするノラ王女の目論見《もくろみ》が透けて見えたからだ。

それからツータスタウンでの出来事などをしばらく話していると、突然ノラ王女が話題を切り替えた。

「そういえば、今度、北方の辺境都市・ヴィティシティで四年に一度開かれる平和を祈念《きねん》する式典が行われます。他国の要人を招き、王族も参加するのがしきたりでして、代表としてわたしがその式典に参加することになりました。そこで、あなたのパーティに、その期間内の護衛をお願いしたいと思いまして」

やはりきたか、と俺は身構える。

前回もそうだが、ノラ王女が俺を呼び出す時は、大体なにか厄介事を依頼しようというねらいがある。

急な話な上、長期の依頼ともなれば本当は慎重に検討したいところだったが、俺に断るという選択肢はない。

それは、ツータスタウンの官吏に任命された時に、ノラ王女が、俺のパーティにいるマリの正体に気付いていることが分かったからだ。

もしマリが逃亡中だと言われている元王女のマリアと同一人物であると公表されれば、どんな目に遭《あ》うかは想像に難《かた》くない。

つまり俺は、どんなお願いも断れないような圧倒的な弱みを握《にぎ》られているのだった。

そこまで経緯を思い返したところで、俺は外の景色に目をやりつつ言葉を発した。

変化のない景色のせいか、どれくらい時間が経ったか分からない。

「……闇属性の一族の終焉《しゅうえん》の地・ヴィティ。まさか、ここまでの豪雪地帯だなんて。思ってもみませんでした」

数ある魔法の属性の中でも、特殊な出生の者のみが操れる闇属性魔法。その使用者たちが多く存在していたのが、このヴィティだ。

魔族とあまりに近い危険な力を持つため、人々から忌《い》み嫌《きら》われ、先の戦いで滅ぼされたという話を聞いたことがある。

「そうですね。ヴィティは今でこそ平和の大地などと呼ばれておりますが、過去には大きな争いが起きた地でもあります。これだけ雪が降れば、魔族や敵が目眩《めくらま》しとして使って、襲撃してきてもおかしくありません。頼りにしておりますよ、タイラー・ソリス様」

俺はノラ王女の言葉に頷きながら、自分がこの地に来た目的を思い返す。

何もノラ王女の脅《おど》しに屈しただけで、この過酷な任務に同行したわけではない。

魔族と因縁《いんねん》浅からぬこの地ならば、おそらくツータスタウンで激突した魔族ガイアの言う『主《しゅ》上《じょう》』の正体に迫れると思ったのだ。

数年前に死んだ親父のことにガイアが触れていたことを考えると、もしかしたら、他の魔族も何か知っているかもしれないという希望的観測もあった。

まぁ、同行を決めた後に、ノラ王女から護衛以外の厄介な依頼が追加されるとは、予想もしなかったけれど……。

「……それと、例の任務もお忘れなきよう、お願いしますね」

その内容は、国の行く末を左右する重大なものだし、同時にノラ王女の個人的な問題でもあった。

急にノラ王女がすっと俺の方へ上半身を寄せて、耳元に手を添える。

「信頼していますよ、タイラー・ソリス様」

優しく耳打ちされて、俺はドキリとした。

彼女のペースに呑まれないように、俺は距離を少し開けて一呼吸置いた。

「その件に関しては……うまくいくか分かりませんよ」

「ふふ、大丈夫ですよ。なにせあなたは、お姉様の認めた殿方ですもの。ぜひ、わたしの婚約破棄《こんやくはき》を成立させるため、力を貸してください」

もう一つノラ王女から頼まれていたのは、政略結婚の相手との婚約破棄のお手伝いだ。

とにかくこの護衛期間中に、婚約相手がノラ王女を諦《あきら》めるように仕向けるから、その時のサポートをしてほしいとのことらしい。

……どんな任務だよ、それ！

この話を聞かされた時は、思わず心の中で突っ込みを入れてしまった。

ただ、護衛を頼まれた時点で嫌な予感はしていた。

一国の王女が、辺境の地へ赴《おもむ》くとなれば、その警戒態勢は厳重なはずだし、そこに俺のような一介の冒険者が呼び出されることはない。

なにか裏があるのでは……と勘繰《かんぐ》ったところで、この追加任務だ。

「婚約破棄をしたいのです、どうしても」

最初に王城に呼ばれて、警護の依頼の後にそう頼まれた時は面食らった。

「それはえっと、普通にお断りすることはできないのですか」

「それができないから、こうして頼んでいるんです。今の王家に全盛期の力はありませんから、有力貴族との結びつきは必要不可欠ですもの。ですが、わたしが望む相手ではありませんし、あの人とは相性があまり良くないんです。既にわたしに相手がいるならともかく、そういった話もありませんし」

ツータスタウンの一件や今回のヴィティでの護衛を頼んできた時以上に、ノラ王女の私的な感情が伝わる言い方だった。

とにかく、『婚約破棄したい！』という意志の強さだけは伝わってくる。

任務に関わることとはいえ、一王女の結婚観を細かく聞き出すのも失礼だと思い、俺は話題を変えた。

「お相手はどんな方なんですか？」

俺の問いに答えるノラ王女の顔は、かなり苦しそうだった。

「少なくとも私が苦手とするタイプです。一度お話もしましたが、絶望的に馬が合いませんでした。あれは最悪、いえ災厄《さいやく》というべきです」

曖昧《あいまい》な言葉だったが、あれほど対外的に決して王女の振る舞いを崩さない彼女をもってして、ここまで言わせるあたり、よほど難があるのかもしれない。

苦々しそうに眉間《みけん》に皺《しわ》を寄せてそう話していたノラ王女を思い出して、俺は思わず唸《うな》った。

しかも、件《くだん》の男はこの遠征部隊に同行しているらしいのだ。

「なんだ、これは。このような道では通れぬではないか！」

男の大声が前方から聞こえてくる。

行列の先頭からの声にもかかわらず、それははっきりと耳に届いた。

その後も前方から男が騒《さわ》がしくする声が響く。

ノラ王女が嫌そうな顔でため息をついたのを見て、俺は察する。

あれが、ノラ王女が婚約破棄したいという男か……

いつも冷静なノラ王女には絶対に合わなそうだと、今の大声を聞いただけで理解することができた。

そんなことを考えていたら、俺たちの乗った馬車が止まった。

「俺は一旦失礼します。前の様子を見てきますね」

「はぁ……ありがとうございます、タイラー・ソリス様。あの熱血で身勝手なバカと違って、気が利きますね」

王女の愚痴《ぐち》に苦笑いを返してから、俺はキューちゃんを一度ノラ王女に預け、声が聞こえた先頭まで駆けていく。

「おや、タイラー・ソリスくんじゃないか。わざわざ君が来なくても問題なかったのに」

ノラ王女の婚約者である男が、腕組みをしたままこちらを睨《にら》みつけて言った。

なんとも挑発的な態度だ。

セラフィーノ・フィアン。

フィアン家は、四賢臣《よんけんしん》――俺に雷属性の魔法を教えてくれたランディと同じ名家――の一つに数えられる家柄で、火属性の血を引いている。

切れ長の黄色の瞳でこちらを見る彼は、俺より少し背が低いが、すらりとしている。

そんなセラフィーノは、俺からすぐに視線を外した。

彼が目を向けたのは、俺たちの前に立ち塞《ふさ》がる雪の壁だ。

「誰かがきっと、僕らを通すまいとこの壁を作ったのだろうね。非道な輩《やから》だよ、まったく」

セラフィーノが腕を組んだまま頷いて言った。

「……えっと、言いにくいんですけど。たぶん両脇の崖《がけ》に積み重なった雪が崩れ落ちてきたせいかと思いますよ」

俺が指さした崖は周りに比べて、明らかに積雪量が少ない。だからこの推測は間違っていないはずなのだが……

「いいや、これは誰かの陰謀《いんぼう》だよ、タイラーくん。君も、ノラ王女を守るために協力したまえ。さぁ、君は警護に戻るといい。ここは僕がどうにかするよ」

俺の指摘は受け入れてもらえなかった。

それればかりか、セラフィーノは周囲を気にせず単独行動に走ろうとする。

「さて、僕の火属性魔法で砕いてやるとするかな。下がってるといいよ、みんな。なにせ僕の魔法は、爆発するからね！『エクスプロードッ』!!」

「あ、ちょっ――」

俺が制止する前にセラフィーノが、腰に差していた剣を抜いて、雪壁に突き刺した。

彼の詠唱の直後、轟音《ごうおん》とともに爆発が起きる。

「はは、どうだい、みんな！　見てくれたかな！」

セラフィーノが勝ち誇った表情をしているが、そんな場合ではない。

今の衝撃のせいで、今度は道の両脇にあった雪の壁が崩れようとしていたのだ。

「『ライトニングベール』……！」

俺は慌てて、壁の崩壊を抑えるように、光の防御壁を張った。

以前ツータスタウンで崖崩れを止めた経験が、こんなところで役立つとは。

ふぅ、と俺は一息つく。

あの時に比べれ規模は小さいので、支えるのはどうということもない。

だが、危うく大惨事《だいさんじ》を引き起こしかねなかった張本人には反省してもらわないと。

そう思って、俺はセラフィーノを睨むのだが……

「はは、サポートありがとうタイラー・ソリスくん。これでノラ王女も僕を評価するに違いないよ」

当の本人はまったく気にしていなかった。

それどころか、良いことをしたと勘違いしている始末だ。

この反応には、さすがに俺でもイラッとしてしまう。

「ソリス様がいてくださって本当によかった」

「まったくだ……お力はあるのに、どうも残念な人だよ」

一部の部下たちがひそひそと囁《ささや》き合《あ》っているのも耳には入っていないらしい。

これは、ノラ王女が婚約破棄したくなるのも納得だ。

思い込みが激しく、すぐに独断で行動する。挙句、本人はそれが間違っていても気にしない。

しかも厄介なのは、実力があって、身分も高いので、その失態を正す人がいないことだ。

さて、どうしたものか……

婚約破棄だけでなく、ヴィティでの護衛任務でもトラブルが起きそうだと、俺は嫌な予感を覚えた。

こっそり馬車に戻ってノラ王女に報告すると、彼女は長いため息をついた後、毒づくように言った。

「わたしの言いたいことが分かりましたでしょう？」

俺は静かに頷く。

まぁ、ノラ王女がセラフィーノを苦手としている理由は、さっき少し関わっただけでも十分伝わった気がする。

「ははは！　では、ノラ王女へ報告しよう！　きっとお褒めいただける！」

沈黙を破るように、馬車の中までセラフィーノの高笑いが聞こえてきた。

ノラ王女が先ほどより一段と深くため息をつく。

俺は苦笑いしながら、王女の膝の上で眠そうにしているキューちゃんを抱きかかえた。

「じゃあ俺は、今度こそ戻りますよ」

婚約破棄の依頼は、ヴィティに着いてからの極秘任務だ。

今セラフィーノに見られて、変な揉《も》め事《ごと》を起こすわけにはいかない。

だが、俺が馬車を出ようとしたところで、王女から思いがけず袖《そで》を引かれた。

「えっと、キューちゃんなら貸せませんよ？　もし貸しても、たぶん目が覚めたら暴れます。俺以外にはとにかく懐《なつ》いてないんです」

「そうじゃありません。たしかにその子はとても温かくて、手放すのは名残惜《なごりお》しいですが、それよりも伝えたいことがあるのです」

「婚約破棄の件ですか。念を押されなくても、約束は守りますよ」

「それも違います。完全に別件、あなたのところにいるサクラ・クラークというメイドの話をしたいのです。頃合いを見て言おうと思ったのですが、なかなかチャンスがなく言い出せませんでした」

「………………え、サクラ？」

意外な名前が出てきて、俺は何度か瞬《まばた》きをする。

開きかけていた扉を閉めて、再び座り直した。

「はい。あなたの使用人ということは、わたしの今回の旅の同行者にもなるわけですから、念のために調べさせてもらいました。元はお姉様お付きのメイドだったそうですね」

なんだそれ……すごすぎるだろ、王女権限。

「ええ、そうですが」

唐突な話題転換に戸惑いながら、俺は答えた。

「あの者を直接雇用したのが、お姉様であることは知っていますよね？　タイラー・ソリス様」

「あぁ、話は聞いています。たしかマリが辺境で拾ったんだとか」

「そうです。じゃあ、その辺境というのが、まさしくこのヴィティで、お姉様が式典に参加された時だったという話はご存知でしたか？」

俺は目を丸くする。

それはまったく考えてもみない話だった。本人たちにだって、聞いたこともない。

ゆるゆると首を横に振る俺に、ノラ王女が顔を近付けた。

「やはり秘密にしていたのですね。もうあのバカが来るまで時間がありませんから、今はこれだけ言います。彼女には気をつけた方がよろしいかと。寝首をかかれるかもしれません。なぜなら彼女は――」

サクラとマリがヴィティで出会ったという話をされてからずっと、理解が追いついていない。

それも、気をつけろとか、寝首をかかれるとか、物騒《ぶっそう》な内容ばかりだ。

雪に覆われた周囲と同じく、俺の頭の中が真っ白になる。

だが、これまでサクラといた時間の方が、俺にとっては信じられるものだ。

だから、俺はノラ王女の話を遮《さえぎ》った。

「その先は言わなくて結構です」

「なぜですか？　もしこの先聞きたくなっても、話しませんよ」

「サクラが自ら言わない以上、聞く必要もないと思っていますから。それに、寝首をかかれるとか、ありえません」

「……ふふ。そうですか。それは、美しいお仲間愛ですね」

綺麗事《きれいごと》だと言われるかもしれない。

それに俺だって、まったく気にならないわけではない。

だが、本人が隠していることを他者から告げ口されるのは、俺が望むところではない。

ましてや大事な仲間だ。過去がどんなものであれ、今の彼女らを信じたい。

その思いを貫き通したかった。

「もうセラフィーノが来ます。今度こそ、失礼いたします」

俺はノラ王女の乗る馬車から素早く降り、進路とは逆方向に走り出す。

もともと俺たちパーティの持ち場は最後尾だ。

俺だけが呼び出されて、ノラ王女と同じ馬車に乗っていたのは、依頼内容の確認のためだった。

セラフィーノに勘付かれないよう、銀世界に紛れて『神速《しんそく》』――自身の移動速度を上昇させる魔法――を使う。

アリアナたちの待つ馬車へ戻ると、目の前の光景に俺は面食らう。

「タイラー、遅かったわね。それに、さっき一瞬馬車が止まったけど、なにかあったの？」

「ソリス様、おかえりなさいませですの」

「おかえり、お兄ちゃん！」

団子状態でくっつき合ったまま、アリアナとマリ、それからエチカが俺を迎えた。

アリアナとマリが両端で、真ん中にサクラが座っている。彼女の膝上にはエチカが乗り、背中では元魔族の仲間で俺たちが保護した幼女――フェリシーがすやすやと寝息を立てていた。

ノラ王女たちの馬車と違って、俺たちのものはかなり小さい。

狭い空間の中に大勢が乗るとなれば、窮屈《きゅうくつ》な体勢になるのも無理はない。

だが、わざわざこんな片側に寄らなくても、多少スペースは余っているというのに……

「いや、なにやってるんだ……みんな？」

俺が戸惑いながら聞くと、サクラが読んでいた本を伏せて顔を上げた。

「エチカ様が寒いとおっしゃるので、身を寄せ合うことで暖を取っておりました。しばらくこの状態ですが、動きづらいだけでそれほど温かくありません」

じゃあやめたらいいのに。

俺は半ば呆《あき》れながら、ついサクラの顔をまじまじと見てしまう。

さっきのノラ王女の話を聞いたためだ。

だが、彼女の様子はいつもとなにも変わらない。

普通は集中できない環境下でさえ、本を読もうとするところなんて、まさしくサクラだ。

やっぱり、なにも気をつけなきゃいけないことなんてない。

「ソリス様、どうかされましたか。そのような切なげな顔でそう長く見つめられると困るのですが」

俺の視線に気付いたのか、サクラがおどけたように言った。

「あぁ、いや、えっと……なんでもないよ。切なげな顔をしたつもりもない。ちょっと寒くてボーッとしてただけ」

「そうですか。失礼いたしました。寒いのなら、私たちに交ざりますか？　暖を取れますよ」

「……遠慮しておく。というか、温かくないってさっき言ってただろ？」

俺は、彼女らが固まる席の向かいに座る。

「タイラーってば、つれないわねぇ」

アリアナはそう言うが、問題はそこじゃない。

こんなすし詰め状態で、女子たちに囲まれて身体をくっつけ合うなんて、とてもじゃないができない。

向かいのスペースががらんとしているので、俺はそちらを選んだ。

キューちゃんがいれば、それだけで十分暖は取れる。

そんなことを思っていたら、マリが勢い良く、俺の右側へ席を移動してきた。

「もしかして、キューちゃん目当てか？」

「いえ、違いますわ。わたくしはその……ノラのことを聞きたくて。なにをお話しされたのでしょうか、なんて」

マリが上目遣いに俺の顔を覗き込んだ。

サファイアのように美しい青色の瞳が少し揺らいでいた。

何気なく尋ねるような素振《そぶ》りだったが、かなり気がかりだったのが分かった。

……そりゃあ、そうか。腹違いとはいえ、妹なのだ。

ただ、婚約破棄についてここで話すわけにはいかない。それにマリには、ノラ王女に脅されてここにいる話自体秘密だ。

それを言えば、優しい彼女は自分のせいで俺に迷惑をかけていると抱え込みかねない。

黙っておく心苦しさもあるが、仕方ない。

「……単に、護衛方法の話だよ。さっきもフィアン家のセラフィーノと少し揉めたからな」

俺は別の理由を考えて、マリに伝えた。

「あぁ、ノラの婚約者になった方でしょう。昔から変わっていないみたいですわね」

「セラフィーノのこと、知ってるのか？」

「はい。といっても、ランディさんと一緒でそこまで深い仲ではありませんでしたわ。四賢臣であるフィアン家の長男で、歳はわたくしの一つ上。実力は高いと聞いていますが、極度の自信家だとか」

どうやらあの振る舞いは、昔からのものらしい。

俺が軽くため息をつくと、今度はアリアナが俺の左側へと座り直して口を挟んだ。

「そんな人だったのね。貴族って変わり者ばっかりなのかしら」

ランディさんや、かつて王家相手に謀叛《むほん》を起こしたテンバス家のユウヒ、今話題に上がったセラフィーノを指してのことだろうが、その視線は俺の右側にいたマリに注がれていた。

「アリアナ様、それ、わたくしも入ってますわよね⁉」

前屈《まえかが》みになってにやにやとした顔を見せるアリアナに、マリが抗議《こうぎ》する。

「さぁ、どうかしら？　今までの自分の言動を振り返ってみることね」

「むぅ、わたくしは常識人ですわ……！」

いがみ合うような戯《たわむ》れるような……そんな二人のやりとりを見て苦笑いする俺の前で、エチカが立ち上がった。

丸まるキューちゃんを抱え上げてから、俺の膝上にちょこんと座った。

「サクラさん重そうだったし、下りた方がいいかなって。それに、やっぱりお兄ちゃんの膝が一番落ち着くかも……」

エチカが顔を上げて、俺に微笑んだ。

……おいおい、いつの間にか俺の周りが窮屈な状態になってるんだが？

身動きは取りづらくなったうえ、両肩に伝わってくるアリアナとマリの温かさであったり柔らかさだったりを意識してしまうと、身体が硬直する。

「……サクラ、よくこんな状況で本読んでたな」

「じきに慣れます。それに、この空気。これから日が沈めばより寒くなると思いますから、温かくてちょうどよろしいのでは？」

いや、まぁたしかに身体は熱くはなったけれど。

それからまもなく、サクラの予想は的中した。

日の入りとともに寒さが増して、ヴィティまでの道が見えなくなるほどの吹雪《ふぶき》に見舞われたのだ。

それ以上先に進めないという判断を受けて、俺たちは近くで滞在できる町を探すことになった。

たどり着いたのは、ピュリュタウンという小さな町だった。

「ねぇ。アリアナさん、なんで屋根が三角なの？」

馬車を降りた俺たちの前で、アリアナと手を繋《つな》いで歩くエチカがそう尋ねた。

彼女たちの視線の先には、さまざまな色に塗られた屋根が雪景色に埋もれるようにして並んでいた。

「雪が積もらないようにしてるのよ、たぶん。あんまり積もると、屋根が重みで潰《つぶ》れちゃうからね」

「たしかに、積もってない！」

とはいえ、民家の数は多くない。

どの家も頼み込んだところで、この大人数を受け入れてもらえるほどの設備はなさそうだった。

それに王女がいることを考えれば、古いレンガの家屋に泊まるのは心もとない。

どこに滞在するつもりかと思っていると、雪で見えづらくなっていた前方の奥から立派な屋敷が現れた。

レンガ造りの三階建てで、遠目で見ても横幅もかなり広い。

えんじ色の屋根の上には、銅製の八重《やえ》の花飾《はなかざ》りまであしらわれていた。

マリの胸の下あたりに刻まれていたものとまったく同じで、すなわち王家の紋章を表している。

初めて見せられた時の光景が頭の中で勝手に膨《ふく》らむが、俺はそれを振り払った。

「なんでこんな場所に王家の紋章が……」

俺が疑問を口にすると、マリが横から教えてくれる。

「昔この町は、魔族と戦争する際の拠点でしたの。ですから、王族が出入りすることも多く、こういった屋敷があるのですわ。今もこの地を治める辺境伯が屋敷の管理や整備をしています」

「そういう事情があったのか……」

「わたくしも四年前に式典に参加する際、大雪に見舞われてここに数日泊まりました。中はかなり豪華絢爛《ごうかけんらん》でしたわ」

元王女が『かなり』とつけるからには、よほど立派なはずだ。きっと内装も見た目に違《たが》わず立派なものなのだろう。

だが、今回の俺たちには縁のない場所だ。

屋敷の脇にこぢんまりと佇《たたず》む小屋のような施設に、俺は視線を移す。

「まぁ、俺たちが泊まるのは、よくてあの離れだろうな」

「ですわね。お屋敷に泊まるのはノラとその使用人だけですわ、たぶん。わたくしたちは臨時で雇われただけの護衛ですもの」

「だな。暖炉《だんろ》があればそれでいいや」

「なかったら、またさっきみたいにくっつけばいいんですわ！」

マリが顔を上げて勢いよく言う。

「いや、それは遠慮させてもらうよ」

そんな風に行列の最後尾で呑気《のんき》に笑い話をしていた数分後、俺たちは縁がないと言っていた屋敷の玄関にいた。

俺たちには、ノラ王女と同じく屋敷の一室がそれぞれ割り当てられていた。しかも俺の部屋は、彼女の居室のすぐ隣だった。

代わりに、俺たちが本来滞在するはずの離れの小屋は、セラフィーノたちが入ることになった。

一流貴族に対してこの扱い……あまりに露骨《ろこつ》すぎる……！

「えっと、俺たちの部屋の場所はここで合ってるんですか？」

一応なにかの間違いでないことをたしかめるため、俺は隣にいた使用人に問いかける。

執事服を着た男がこくりと頷いた。

「ノラ王女殿下がそのようにご希望をされております、今しがた渡した部屋割表にもそう書かれているはず」

男に促《うなが》されて紙を見るが、そこにも俺たちの名前が書かれていた。

「でもこれでは、婚約者様――セラフィーノ様が黙ってないと思うのですが」

「王女殿下は、くじ引きでお決めになったとのことです。この雪国での滞在は、誰もが大変な思いをします。そんな中ですから、身分に関係なく全員の扱いが平等になるようにとのご配慮で、くじ引きを選択されたようです」

都合のいい嘘《うそ》をよく思いつくものだ。

婚約破棄を望んでいるという裏側を知っている俺からすれば、それが建前でしかないことは考えるまでもない。

暗にセラフィーノに好意がないことを示すため、この手段を講じたのだろう。

「いやはや、なんと素敵な方でしょうか、王女殿下は。まさしく次期君主にふさわしいお方だ……！」

そう感嘆する若い使用人は、裏の意図に気付くはずもなく、どうやらノラ王女の作る仮面に騙《だま》されているらしかった。

きらきらとしたその目には、たぶん王女の理想の姿だけが映っているのだろう。

使用人に微塵《みじん》の疑いも持たせないのだから、ノラ王女の演技の完璧さが恐ろしい。

案内されるまま、部屋の中に入ると、マリが言っていた通り豪華絢爛な内装に目を奪われる。

しかも、ベッドの整備や部屋の清掃はノラ王女の使用人が行ってくれるそうだ。まさに至れり尽くせりであった。

だが、あのセラフィーノが、すんなりとこの状況を受け入れるとは思えない。

さて、どうなることやら……

面倒なことが起きそうな予感しかしなかった。

翌朝、俺たちが通されたのは食堂だった。

鍵のかかった扉の先にある廊下をさらに渡った場所にあり、俺たちがいるには場違いな空間だった。

長テーブルの上には、すでにたくさんの料理が並べられている。

その近くの床には、先ほどまで小皿に入った魚の切り身らしいものも置かれていたが、それは壁際で待機していたキッチンメイドさんにお願いして下げてもらった。

たぶんキューちゃんのために準備してくれたのだろうが、キューちゃんはペットとして扱われるのを好まない。こんな置き方をしていたら、間違いなく怒ってへそもしっぽも曲げてしまう。

それにしても、先ほどお願いした時に思ったが、ここにいるメイドの数は相当なものだ。

俺たちに給仕するためだけに集められたとは到底思えない。

俺はアリアナにひそひそ声で話しかけた。

「なぁ、アリアナ。ここってもしかしなくても」

「きっとそうよね。これからノラ王女がここにくるのよね」

アリアナも緊張感を覚えているようで、ソワソワしている。

「また誰かの歓迎会？」

だが、そんな張り詰めた空気の中で、片側にいたフェリシーが首を傾《かし》げて言った。

その一言で、張り詰めていた場の空気が緩んだ。

彼女は元魔族で、ツータスタウンでの任務の際に出会って保護したばかりの少女。

まだ貴族との食事を体験したことがなく、ここまで大がかりなものは、フェリシーが俺たちの仲間に加わった際に開いた歓迎会だけ。

だから今回もその時と同じものだと勘違いしたのだろう。

アリアナがくすりと笑い、つられたようにエチカも口元を押さえる。

「もう、フェリシーちゃんってば！　笑かさないでよ」

「……笑わせてない。私、そんなつもりなかった……」

エチカの言葉を聞いたフェリシーが肩を落とした。

「分かってるってば～。落ち込まなくていいよ！」

その後も年少者二人が会話をするのを、俺は微笑ましく見守る。

いつもならこれに加えてさらに騒がしくなるのだが、今日は少し静かだ。

マリとサクラがここにいないからだろう。

この食堂に来る前にマリを部屋に呼びにいったのだが、断られてしまったのだ。

「わたくしは奴隷《どれい》ですもの。王女がいるかもしれない場にご一緒するのはやめておきます」

ノラ王女からは、マリの同席についても気にしなくていい、と依頼時に言われていた。

だが、その事情を伝えてもなお、マリが首を縦に振ることはなかった。

身分以外にも理由があるかもしれない。

生き別れになった異母妹と再び顔を合わせることに思うところがあってもおかしくないし、もしかしたらノラ王女の近くにいて、正体がバレるのを危惧《きぐ》した可能性もある。

サクラもそんなマリの世話をするからといって、誘いを固辞《こじ》した。

今頃、なにをしているのだろう。

俺がこの場にいない二人のことを考え始めたところで、メイドたちが唐突に頭を下げた。

どうやらノラ王女が来たようだ。

俺たちも慌てて立ち上がり、それにならう。

状況を理解できていない様子のフェリシーに頭を下げるよう伝えたところで、扉が開かれた。

ノラ王女が靴音をほとんど鳴らさずにしずしずと歩いてくる。

まっすぐに一番奥の席に向かうかと思ったのだが、彼女はフェリシーの横でぴたりと止まった。

その場に屈《かが》むと、ノラ王女がにこりと微笑んだ。

「こんなに小さいのに静かに待てるなんて、大変優秀なのですね、あなたは」

「……私、小さくない」

「あら。ふふ、そうですね。立派なお嬢様でしたね」

ドレスの色も相まって、ノラ王女はまるで、花弁に一切の汚れのない白薔薇《しろばら》のように見えた。

美しくあると同時に、慎《つつ》ましい。

「素敵な人……」

アリアナがそう呟《つぶや》いてしまうのも納得だ。

――だがその実体は、とんだ猫かぶり……いやそんな可愛《かわい》いものではなく、食虫植物だ。

理想の王女を演じながら、腹の中では相手をどう手中に収めるか企《たくら》んでいる。

だが、この場で彼女の本性を知るのは、マリの件で脅されている俺一人だけだろう。

「あら、なにかありまして？　タイラー・ソリス様」

ノラ王女が声をかけてきた。

表情は、まるで本当になにも分かっていないかのようなキョトンとしたものだが、俺の考えを見透かしていてもおかしくない。

「いえ、なにもございません」

俺が素知らぬ顔でそう答えると、彼女は薄紅色の唇の端を上げた。

そのまま彼女は最奥の上座に用意されていた自席へと向かい、儀礼的《ぎれいてき》な挨拶を述べる。

「わたしたちの来訪を歓迎するとのことで、この食事は地元の貴族から寄進《きしん》いただいたものです。どうぞ遠慮なくお召し上がりください」

食事が始まったと思ったら、どこからか弾き手が現れてヴァイオリンの演奏が流れる。

優雅《ゆうが》すぎてついていけない。

馴染《なじ》みのなさすぎる状況に若干くらくらしつつも、俺はうろ覚えの作法をどうにか思い出す。

それをフェリシーに教えながら、料理を食べ進めた。

やがて気まずい空気を感じたのか、アリアナが機嫌《きげん》を窺うように少し上目遣いでノラ王女に尋ねる。

「えっと、今日はどうしてお招きくださったのでしょう？」

「ふふ、楽にしてくださいませ。別になにか考えがあったというわけではなく、急なお願いにかかわらず、護衛を引き受けていただいたお礼でございます。それに、お二人には昨日お世話になりましたから」

一瞬なんの話かと首を傾げるが、すぐに昨夜の出来事を思い出した。

この屋敷の風呂は、町にある温泉を引いているそうなのだが、そのお湯が大雪によって冷やされてほぼ氷と化していた。

魔法で薪《まき》に火をつけて、氷と化したそれを温めなおした一件を王女は言っているのだろう。

細かい温度の調節は、アリアナに手伝ってもらって、風呂問題を解決したのだった。

まぁ、魔法が使えれば、誰にでもできることだから、まさかそのお礼で豪華な料理を用意されるとは思いもしなかった。

やはり王族の感覚は一般人とは違うらしい。

「あなた方を屋敷にお招きしてよかったです」

「いえ、あれくらいならいつでも呼んでください」

ノラ王女の言葉に、アリアナがそう言って微笑み返した。

「ありがとうございます。アリアナ様にそう言っていただけると、頼もしいです。わたしのあたたかな夜は、タイラー様とアリアナ様がいれば守られますね」

そのやりとりで、ノラ王女はアリアナとすっかり打ち解けたようだった。

その後も、ノラ王女はエチカやフェリシーに程よく話を振って、和《なご》やかな雰囲気《ふんいき》を作っていた。

食事の時間が終わりへと近づき、メイドがラテティーと焼き菓子を配膳しに来た。

「わ、すごい！　アリアナさん。見て、猫ちゃん！」

「ふふ、そうね。私は犬にしてもらったわ。こっちも可愛いわよ？　フェリシーちゃんは？」

「私は、お星さま。光ってるみたい」

女子の皆は、紅茶の表面にミルクで描かれた模様で大盛り上がりだった。

そんな様子を見てから、俺は一人、自分のもとへ運ばれたカップに目を落とす。

その中身を見てから、しばらく呆然《ぼうぜん》とした後、ぞっと身震いした。

「タイラーは？　どんな絵が描いてあったの？」

アリアナから尋ねられるやいなや、俺は一気に飲み干した。

舌も喉《のど》も火傷《やけど》しそうな熱さだったが、仕方がない。

「えっと、キューちゃんみたいな猫かな？」

「見てみたかったかも、それ」

「ごめん、喉が渇いていたから」

アリアナにはそう誤魔化《ごまか》したが、実際は違う。

『十二時　屋敷広間　一人で』

俺のラテティーにはそんな指令が書かれていたのだ。

あまりに穏やかな雰囲気に油断していたから、してやられた気分だ。

俺はこのメッセージを送ってきた張本人へ視線を向ける。

その先にいたノラ王女は、ウインクを一つして軽くあしらったのだった。

正午、屋敷の広間、一人。

王女からの指示である以上、それは厳守しなければいけない。

それも、ラテティーに書いてくるという回りくどい方法をとったからには、相当な訳がありそうだ。

誰かに勘付かれてはいけないと気を回して、俺は部屋に鍵をかけて窓から外へ出るという遠回りで、広間の前へ向かう。

おかげで誰にも会わずに、目的の場所まで来られた。

まるで忠犬のように待ちながら、辺りを見回す。

「時間ちょうどになったら中から声がかかるのか……？」

時計は見当たらなかったが、そろそろ呼ばれてもいい時間だ。

せっかく余裕を持って着いたというのに、中に入っていないだけで遅刻扱いされるのは避けたいが……準備が整ったら呼ばれるのなら、ここで大人しく待っている方がいい気もする。

結局どうすることもできずに、その場でソワソワしていると、廊下の角からセラフィーノが突然現れた。

昨日会った時と同じように、自信に満ちた表情に変わりはない。

彼は赤い髪をかき上げつつ、大股のまま早足でこちらへやってきた。そして俺をひと睨みしてから、大きな扉を豪快に開け放つ。

「なんだよ……」

扉が壁にぶつかる音が響き、俺は思わず呟いた。

ちょっと無神経すぎないだろうかとしばらく呆れるが、ここを逃したら入るタイミングを失ってしまいそうなので、俺もセラフィーノの後に続いた。

扉が閉まる直前で慌てて中へ入り、俺は目の前の光景に思わず息を呑む。

白を基調としたその広間は、何本もの立派な柱で囲われており、神殿のようだ。

いかにも荘厳《そうごん》な雰囲気が醸《かも》し出《だ》されており、天井のところどころにはステンドグラスが嵌《は》められている。

吊り下げられたシャンデリアが優しい黄金色の光を放つ。

まるで、王家の栄華を詰め込んだような空間だ。

雪が降りしきる田舎町には、似つかわしくないとさえ思う。

部屋の奥に目を向けると、一部が壇のようになっており、その上には金色の玉座があった。

後ろの壁には、王家の紋が刺繍《ししゅう》されたシルク製で真紅の布が垂らされている。

ノラ王女は、その玉座に堂々とした居ずまいで腰かけていた。

部屋の雰囲気に俺が気後《きおく》れする中、セラフィーノは一切遠慮せずにノラ王女の方へ詰め寄っていく。

「ノラ王女！　なぜ、私が離れの小屋で、タイラー・ソリスがあなた様の隣の部屋なのですか⁉

待遇が間違ってはおりませんか⁉」

一直線に玉座へ向かいながら、セラフィーノが苦言を呈す。

「だいたい、私は公的に認められ、あなた様の婚約者となっているのです！　私というものがありながらそばに他の男を置くなど、王族として許されざる行為であるかと——」

玉座を見上げて強い口調で語りながら、彼はどんどん近づくが、その足が壇の手前まできたところでぴたりと止まった。

彼の足の先には、王家の紋がある。

それを踏むことは、臣下として許されないのだろう。

「あれは、全員に配慮して無作為に配置を決めただけです。気分を害してしまったのなら申し訳ありませんわ、セラフィーノ様」

ノラ王女が玉座に座ったまま心底申し訳なさそうに言った。

「えっと、いや、責めているわけではなくて……」

今のノラ王女の態度を見て、何も言えなくなったのかもしれない。

それまで熱くなっていたセラフィーノだったがすぐにトーンダウンして、そのまま黙り込んでしまった。

「では、本題に入ってもいいでしょうか？」

「もちろんでございます！」

ノラ王女の言葉に、セラフィーノが即答した。

「ありがとうございます、セラフィーノ様は単純……じゃなくて、話が早くて助かります！」

ちょっと本性が出かけているのはともかくとして、相手を手玉に取るようなノラ王女の話術はかなりのものだ。

「今日お二人を呼びたてしたのは、ご報告があるからです。タイラー様もどうぞお近くへ」

二人のやりとりを傍観している俺を王女が呼んだ。

このまま黙って後ろにいようと思ったが、そうはいかないらしい。

手に持った扇《おうぎ》で手招きされたので、仕方なく壇のすぐ下まで向かう。

セラフィーノに睨まれながらも、俺は彼の隣に並んだ。

セラフィーノがこちらを見る視線からは、はっきりと敵意が感じられる。

よほど王女のそばにいる俺のことが気に食わないようだ。

俺は目をつぶって、隣を気にしないことに決めた。

セラフィーノの鋭《するど》い眼差《まなざ》しを受けながら待っていると、王女が口を開いた。

「わたしたちはしばらく、ここピュリュの町に滞在します」

「……それは、どうしてまた？」

俺が尋ねると、王女は残念そうな顔で説明する。

「大雪の影響です。この先は山間を通ることもあって、道幅が狭くなっております。もし雪崩《なだれ》が起きたら、被害は甚大《じんだい》になる。そのため、しばらく様子を見ようと決めたのです」

「でも、いつ雪がやむか分かりませんし、このままではずっとここに留まることになるのでは？」

「それなら心配ありません。ここの天気が約二週間の周期で、穏やかになったり厳しくなったりするのを繰り返すのは知っています。ちょうど昨日から雪が厳しくなりましたし、あと二週間ほどでまた進めるようになりますよ」

この辺りに詳しいノラ王女がそう言うなら、問題ないだろう。

だが、俺が納得して頷いたところで、隣にいたセラフィーノが憤慨《ふんがい》し出す。

「ここに二週間⁉　つまり、私はそれまでずっと離れにいることになるのですか⁉　だいたい、どうして私がこんな扱いを！」

いや、部屋割りの件はさっきの王女とのやりとりで終わったはずじゃ……

まぁ、数日ならともかく二週間ともなると、彼の中でも許容できなかったのかもしれない。

セラフィーノは真剣な表情で、身振り手振りを交えてノラ王女に訴えかけていた。

「そう言われると、たしかに……何か他にいい決め方があれば」

セラフィーノの話を聞いたノラ王女が顎《あご》に指を当てて思案顔になった。

俺とセラフィーノは、王女の次の言葉を静かに待つ。

やがて彼女は少し口角を上げたかと思えば、手を叩いた。

「そうだ！　それでしたら、お二人に対決してもらって、その結果がよかった方に屋敷の部屋を割り当てるというのはどうでしょう。実は、この町にしばらく滞在するにあたって、わたしから頼みごとがありまして、お二人にはその内容で競ってもらおうかと。一つの内容につき、勝者には一週間屋敷での滞在を認めます。とはいえ、今屋敷にいるソリス様には得のない話だと思いますので、爵位でもご用意しましょうか？」

ノラ王女がテキパキとルール説明をする。

どう考えても、今のセラフィーノの訴えを聞いただけで、その場で思いつくような内容ではない。

苦情が入ることを事前に察して、この計画を準備していたのだろう。

俺が呼ばれた理由もこの勝負を引き受けさせるのが本命に違いない。

ちょっとした報告くらいなら、執事を介してでも伝えられるし、セラフィーノと一緒に呼び出して、彼の対抗心を煽《あお》るのがねらいだったわけだ。

「いいでしょう……！　このセラフィーノ、必ずやご期待に応えてみせます！」

ノラ王女の手のひらで踊らされているとも気付かず、セラフィーノは力強く答えた。

「ふふ。わたし、仕事ができる人は好きですよ」

「ははは、では私の仕事ぶりをしっかり見ていてください！　証明してみせますよ、たかが冒険者風情《ふぜい》と公爵家。その格の差をね！」

そこまで言い切ってから、セラフィーノは背伸びをして俺を見下ろした。

まだどんな指令が下されるのかさえ教えられていないのに、自信たっぷりだ。

「もちろんソリス様もやってくださいますよね？」

ノラ王女が俺の意思を確認してくるが、そもそも肯定以外の回答は認められていないに等しい。

それに、これが婚約破棄の手伝いでもあるというなら、約束通り付き合わないわけにはいかなかった。

俺は、無言で頷いて応じる。

ノラ王女が俺の反応を見て、わざとらしく肩を落として、ほっと息をついた。

「では、任務について説明しますね！」

先ほどまでのしおらしい態度から一転して、ノラ王女が元気に話し始めた。

ひと通り説明を終えると、その内容を側近にまとめてもらったであろう紙を取り出して、俺とセラフィーノに手渡す。

何の気なく俺がちらっと裏面を見ると、そこには――

『完膚《かんぷ》なきまでに倒しての勝利を期待しています』

とだけ書かれていた。恐ろしい王女だ。


セラフィーノとの対決の日。

一つ目に言い渡された任務は、薪集めだった。

保管していた分がかなり減っており、滞在期間中に安定して暖をとるために一定量を確保しておきたいようだ。

規定の量を集め終わるまでの早さを競うらしい。

勝負と雑用を同時に片付けられる、効率を重視するノラ王女らしい内容だ。

勝負と称して顎で使われることに、愚痴をこぼしたくもなる気持ちもあったが、考えても仕方ない。

王女からの命令だからと自分に言い聞かせて、木々の採取のために屋敷の裏手にあった雪山を登る。

俺は木属性魔法を使えるので、その力で薪自体を作り出せるのだが、魔法で出した木は厄介なことに耐熱性があり、暖をとる目的には適していない。

そこで、俺たちは雪山で木を集めようと考えたのだった。

「向こうは結構な人数で作業しているみたいね」

「ですわね……人数が違うなんて平等じゃありませんわ」

アリアナとマリが、少し離れたところにいるセラフィーノたちの方を見て不満げに言った。

ノラ王女の説明では、仲間と協力するのは問題ないとされている。

そのためアリアナたちには、昨晩セラフィーノと成果を競い合っていることは報告して、この任務を手伝ってもらっている。

ノラ王女の婚約破棄をいい方向に持っていくために協力しているという件は、もちろん話していないけれど。

なんにせよ、二人の力があるだけで大助かりだ。

「心配ないって。たしかにセラフィーノたちの人数は多いけど、あんなにいたらまとめるのが大変だしな。こっちはこっちのペースでやろう」

「ま、それもそうね……っと、あの木なんてどうかしら。薪にするのにちょうどいいと思うけれど」

さっそく、アリアナが前方を指さして言った。

彼女の視線の先にあったのは、朽《く》ちかけた大木だ。

故郷からの長い付き合いで、薪の採取を一緒にしたこともあって、アリアナは勝手が分かっていた。

俺がひとつ頷くと、マリが首を傾げながらそばにあった木を指さす。

「あんな木がいいんですの？　こっちにもっと立派なのがありますわよ？」

「乾いてる方が燃えやすいだろ？　若い木は水分が多いからな」

「なるほど……言われてみれば！」

庶民《しょみん》ならば一度くらいは薪作りの手伝いをしたことがあるものだが、彼女は元王女だ。

俺たちとの暮らしですっかり庶民感覚が身に付いているかと思ったが、こうした折には育ちの違いが顔を覗かせる。

マリも納得してくれて、俺たちは柔らかい雪を慎重に歩き進め、枯れかけた大木の前にたどり着いた。

「少し離れててくれるか？」

俺はそこで刀を抜き、その刀身に風の魔力を纏《まと》わせる。

そのまま刀を高速で十字に切って『ウィンドカッター』を発動した。

風の刃が木に向かって縦横無尽《じゅうおうむじん》に一気に切り込む。

音はほとんどしなかった。

ただ、技を放った瞬間に大木が程よいサイズの木の棒へと姿を変えた。

降り注いでくる木片を刀で払って目の前を見ると、そこには木々の塊《かたまり》ができていた。

「さすがね、タイラー。いい感じじゃない？」

「ほんとですわ！　これを、あっという間に作ってしまわれるなんて……！」

アリアナとマリが手放しに褒めてくれた。

だが、個人的にはまだまだ。俺はそこにあった一本の木を拾い上げてみる。

「ささくれができちゃったし、まだまだだよ」

うまくやれば、もっと綺麗に切り落とせたはずだ。

刃の入れ方が問題だったのだろうか。繊維《せんい》の流れを見極める努力が足りなかったのかもしれない。

俺はすぐ近くにまた朽ちた木を見つけて切り落とした。

技の放ち方に工夫を凝《こ》らしたり、威力を変えてみたりと試行錯誤《しこうさくご》していると――

「タイラー、もう十分よ！」

「ソ、ソリス様、すごい集中してましたわよ!?」

二人に呼びかけられて、俺は手を止めた。

気付けば、周囲には薪の山ができていた。

早さを競っていることをすっかり忘れて、夢中になってしまった。

今の時間は余計だったな。

セラフィーノたちが人海戦術を上手く使って木を運び出しているのが遠くに見えた。

アリアナとマリも同じものを目にして、若干焦っている。

だが、俺には秘策があった。

足を雪に取られてなかなか下ることができていないセラフィーノの部下たちを一瞥《いちべつ》しながら、俺は木属性魔法を発動した。

作り出したのは、底面が撓《たわ》んだ大きな三つの木箱。それから箱の中に簡易的な椅子を設けた。

木箱の端に開けた穴に、持参していた太い組み紐を通せば完成だ。

「タイラー、もしかして……」

俺が何を作っていたかをアリアナは察したようだ。

「たぶん予想通りだよ。登ってきた斜面をこれで下るんだ。一気に進めるし、ただ運ぶよりは楽しいだろ？」

俺の言葉に反応して、アリアナではなくマリがはしゃぎ出した。

「まぁ、とっても楽しそうですわ！　ソリス様、天才！　つまり、そりというやつですわね！　ずっとやってみたかったんですの」

生き生きと小躍《こおど》りまでし始めるマリの隣で、アリアナはしゃがみこんでいた。

実に対照的な反応だ。

「どうする、アリアナ？　怖いなら、キューちゃんに頼んで乗ってもらうから、無理しなくていいよ？」

長い付き合いだが、こういったものが苦手だとは知らなかった。

とはいえ、本人が望まないことをさせるつもりはない。

俺がアリアナに確認すると、彼女は少し迷った末に、覚悟を決めたように言った。

「やっぱりやるわ。あの泥棒猫に、びびり、とかバカにされる未来が見えるもの……！」

キューちゃんに対する意地のようなものが見える。

アリアナの決意が揺らぐ前に、俺たちはおのおの木箱に入るだけ木を詰めた。

そして、落ちないようにライトニングベールを蓋代わりに被せる。

その箱を少し引きずって、傾斜の上部までそれを持っていった。

マリ、アリアナ、俺の順に横並びとなって、そりに乗り込む。

マリは目をらんらんと輝かせて、俺とアリアナの方を見た。

「これも競走しませんこと？　きっと楽しいですわよ！」

「……いいけど。私は安全にやるからね？」

まったく乗り気でない反応を示すアリアナに続いて、俺は忠告する。

「マリ、転覆だけは避けてくれよー。競走するのはいいけど」

俺とアリアナの言葉の後、マリは大きく頷いてからカウントダウンを始めた。

だが、彼女は最後の「一」を言い切る前に、一人で斜面へと滑り出している。

スタートはゆるゆるとしたものだったが、傾斜が大きくなるにつれてそりがだんだん加速していく。

「これ、いいですわね！　顔が冷たいですけど、それもまた気持ちいいですわ！」

心地よさげに叫んだ彼女の声が遠ざかっていった。

「……マリってば、すごすぎよ！　怖いもの知らず！」

「まぁ、一度もやったことなかっただろうしなぁ」

マリの滑走《かっそう》は、恐れを一切感じさせないものだ。

初めての体験ゆえに、それよりも楽しさが勝っているからだろう。

見ている側としてはハラハラする。

そんな俺たちをさらにヒヤッとさせるように、マリにトラブルが起きた。

彼女の進路の先に、壁のようにそびえる大岩があったのだ。

しかも、勢いがつきすぎてそりを止めることも進行方向を変えることもできないでいるらしい。

「もう、マリってば……!!　だから言ったのに！」

アリアナが声を上げた。

「それよりマリを助けないとまずい！」

かなり距離は空いているが、俺の魔法の射程範囲だ。

「這《は》い回《まわ》れ、『ソイルドラゴン』！」

俺はすぐさま刀を抜き、雪の積もった地面にそれを突き刺す。

俺は、魔法によって生み出された畝《うね》をマリのもとまで走らせた。

間一髪で、マリの木箱が走る手前の地面をでこぼこにさせることに成功した。

そりがその窪《くぼ》みにはまって動きを止めたのを見て、俺とアリアナはほっと胸を撫で下ろした。

危うく安堵《あんど》で脱力したはずみで、そのまま俺たちのそりが滑り出しかけそうになる。

「……もう！　競争はだめね。ゆっくり下りましょ、タイラー」

「あぁ、それが賢明だな」

どうせそりで下って運べば、多少慎重に進んでも負けることはない。

そのまま俺たちは、薪をあっさり麓《ふもと》まで運び終えた。

勝負の審判を務めていたノラ王女の執事から、俺たちはその場で勝利を言い渡されたのだった。

薪をそりから下ろした後、マリが手を叩いて喜ぶ。

「やっぱり、そりはすごいですわ！　発明です！　もう一度乗りたいです！」

さっき衝突事故を起こしかけたというのに、そんなことはなかったと思わせるくらいのはしゃぎようだ。

俺とアリアナは彼女の熱意に負けて、顔を見合わせて頷いた。

彼女とともに頂上まで戻り、再度そりを作る。

もう一回滑らせてから麓に戻っても、まだセラフィーノたちは戻ってきていなかった。

人の多さも身動きが取りづらくなった原因になっているようだ。

結果はノラ王女の要望通り圧勝だった。

まぁ、仮に俺たちより先に麓に到着していても、おそらくセラフィーノが勝つことはなかったのだけど。

「な、なんだと⁉　燃えない木ばかりじゃないか⁉」

山から戻ってきたセラフィーノは、木に火をつけてから驚きの声を上げた。

つまるところ、マリと同じ勘違いをしていたらしい。

彼もやはり貴族だ。

木ならばなんでもいいと思っていたらしく、手当たり次第に集めた木の中に、薪として使えそうなものはほとんどなかったようだ。

一切気にしないまま麓《ふもと》に持ってきて、今ようやく初めて気付いたらしい。

そこにノラ王女の執事がとどめの一言を告げる。

「大変申し訳ありませんが、やり直してもらえると助かると、王女がおっしゃっておりまして……」

敵とはいえ、さすがに同情を禁じ得なかった。


その翌日、ノラ王女から次の任務を言い渡された。

今回は、ピュリュタウンの少し外れにあるダンジョンでの鉱石採取だ。

「『不溶輝石《ふようきせき》』……か。聞いたことない名前だな」

ダンジョンに入る直前、ギルドのロビーで凍った地面を進むための靴に履き替えながら、俺はそう呟いた。

「まぁ、この地方でしか取れないものって聞いたし、綺麗っていう話だから、私も見てみたいけど」

「以前から聞いたことはありますけど、想像上のものかと思ってましたわ」

アリアナとマリも実物は見たことがないらしい。

ノラ王女が言うには、詳細な場所は分からないが、ダンジョン内のどこかに確実に存在しているとのことだ。

まぁ、真偽がどうであれ、王女の命に異を唱えるわけにもいかず、今はこうして出発の準備を整えている。

目的の鉱石は、石というより氷に近い物体らしい。

透き通るような水色をしていて、氷と言いながら溶けず、ほんのり光を放っている。不溶輝石という名前も、その特徴が由来なんだとか。

俺たちの近くでセラフィーノの部下たちが話し合っているのが聞こえる。

「でもよぉ、そんなものが本当にあるのかよ？」

「さぁ？　でも俺たちはセラフィーノ様の命令に従うしかねぇよ」

このギルドにいるのは受付の人以外に、俺たちパーティとセラフィーノの集団だけだ。

ダンジョンのレベルは上級程度とかなり高く、レアなアイテムも手に入るそうだが、冬場のピリュは雪がひどいため、この町に冒険者が寄り付かないらしい。

ギルド館内の人が少ないせいで、向こうの会話は筒抜けだった。

どうやら、相手陣営も不溶輝石についてはほとんど知らないようだ。

となれば、人数差は大きいが、手がかりを持っている俺たちの方が有利かもしれない。

その情報をくれたのは、サクラだった。

彼女は俺たちがギルドに向かう前に、こっそりと教えてくれたのだ。

「右に行き、湖を見つければいいのです」

「このダンジョンのことを知っているのか？」

不思議に思って俺が聞くと「メイドの勘です」と誤魔化されてしまった。

ノラ王女からは、すでにサクラがこの辺りで育っているらしいと聞かされたし、もしかしたらその関係でダンジョンについて聞いたことがあるのかもしれない。

詳細は話したくないが、少しでも俺たちの役に立ちたいという彼女なりの応援だったのかもしれない。

彼女の事情が気にならないといえば嘘になるが、根掘り葉掘り聞くような真似はしない。

俺は屋敷を出た時を思い返しながら、アリアナたちと顔を見合わせた。

二人も俺と同じことを考えていたようで、こくりと頷き、人差し指を唇に当てる。

この貴重な情報は、俺たちだけの秘密だ。

それからしばらくして、ダンジョンに入る時間になった。

先へ進むと、すぐに二つの洞穴が現れる。

左右への分かれ道になっているようだ。

「はは、残念だったね、タイラーくん。一回戦はいただいたよ。君たちみたいな少人数パーティじゃ、分岐の多いダンジョンで目的の物を見つけるのは難しいだろう」

セラフィーノは勝ち誇ったような顔で言った。

十人近くいるメンバーの半分に右へ行くように命じて、自分は残りの部下たちと一緒に左の道へ入っていく。

……まぁ、サクラの言葉を考えるなら、セラフィーノが行ったルートは間違っているんだけど。

もちろん、これは勝負なので教えることはない。

俺たちは迷いなく右の道を選んだ。

第一階層で待ち受けていたのは、一面の氷の床だった。

「わ、わ、わ……!!」

足を滑らせかけるマリを、俺とアリアナで支える。

「ありがとうございます、ですわ……」

「気にすんなよ。ここからは慎重に進もう」

靴を履き替えておいてよかった。

そうでなければ、全員で滑り続けていたかもしれない。

「壁も床も一面が凍りついてるって……こんなの見たことないわよ」

アリアナが足元を見つめながら、そうこぼした。

外の空気や魔素《まそ》に影響されて、ダンジョンがその環境に合わせて変容するのは聞いていた。

だが、ここまで凍りついているとは予想外だ。

出現するモンスターも、普段見かけないものが多い。

「な、なにあの真っ白な大蛇……!　サーペント?」

モンスターを指さして驚くアリアナに、俺は頷き返す。

「その亜種らしいな」

小さな穴から顔を見せたのは、ネーヴェサーペント。

体表が白く染まっており、サーペント特有の毒だけでなく氷系統の攻撃も加えてくる。

魔法書で学習して存在こそ知っていたが、対峙するのは初めてだ。

「シャァァァ!!」

サーペントが奇声を発しつつ、穴から這い出てきた。

そして勢いよく尻尾を振って、こちらへ突き刺そうとしてくる。

俺はすかさず、刀に火属性魔法を宿して赤く染めてから、その尾を切り落としにかかる。

だが、足場が少し不安定だったことが災いして、攻撃を当て損ねた。

「この場所で戦うのはなかなか大変だな……」

俺が少し距離をとって姿勢を立て直しているうちに、ネーヴェサーペントの傷口が氷で塞がれていた。

さらにサーペントが身体を大きくうねらせて、牙を剥きながら正面から突進してきた。

「ここはわたくしが！　精霊さん、あの蛇を止めてくださいな！」

俺が手を出す前に、マリがそう指示して先んじて迎え撃つ。

呼び出した精霊が、そのサーペントを大口を開けた状態のまま食い止めた。

それ以外の精霊に攻撃させているが、大きなダメージは与えられていない。

『『ウォーターアロー！』』

アリアナが、水を流線形に纏わせた矢をその口の中へと打ち込んで援護射撃するが、そのまま矢も凍らされてしまった。

威力が弱くなっているのは傍から見ても分かるし、その原因もはっきりしていた。

「考えてみたら、氷の上で戦ったことなんてないわね」

アリアナが困った顔で言った。

そう、凍りついた地面のせいで、踏ん張りがきかず、攻撃に力をのせきれないのだ。

「精霊さんたちには関係なさそうですけど……」

マリの言う通り、空中を浮く精霊には足場の影響はなさそうだ。

とはいえ、ネーヴェサーペントは、通常のサーペントよりかなり強いらしい。

サーペントの攻撃を躱《かわ》しながら、どうしたものかと考えて、妙案を思いつく。

「ライトニングベール!!」

使ったのは、雪崩を抑えるために使った魔法。

ただし、目的はサーペントの攻撃を防ぐことではない。

俺は、この魔法を地面に向かって放った。

氷の床が光の膜で覆われ、足場ができる。

これならば、ネーヴェサーペントくらい簡単に倒せる。

アリアナとマリが連携して、サーペントの口の中に勢いよく矢を打ち込む。

俺は、驚いてひっくり返った巨体を一刀両断してやった。

胴が真っ二つになれば、さすがに再生しないようだ。

巨体は地面に倒れて動かなくなった。

「……ソリス様、さすがですわ」

マリが目を丸くして、そう呟いた。

「実力も戦略もあいかわらずすごいわね！」

アリアナの褒め言葉に、俺は首を横に振る。

「やめろって。二人のおかげだよ」

言い終わってまもなく、大きな衝撃音が後方から響く。

振り返ると、セラフィーノの部下がモンスターと対峙しているところだった。

雪の塊《かたまり》に手足がついたような見た目のモンスター・アイスイエティが、俺たちに背を向けて立っている。

氷系魔法と物理攻撃を得意とするこのモンスター相手に、部下たちは足元がおぼつかないながら善戦していた。

「へっ、精霊を操って攻撃できる俺たちなら、問題なく倒せる！」

「あぁ、とっとと倒して、あの冒険者たちより先へ行くぞ」

部下の五人のうち二人は、マリと同じく精霊を使役しているらしい。

「火を噴くのだ、フーコ！」

部下の一人が横にいた精霊に命じる。

彼は、火属性の魔法を使えるかなり立派な精霊を操っていた。

別の男は、自身の身体をかなり大きく変化させて防御壁にできる精霊を召喚している。

その精霊は「ウォールン」と呼ばれていた。

「……わたくしの精霊たちとは、まるで違いますね」

マリが、部下とモンスターの戦いぶりを食い入るように見ていた。

先を急ぎたいところだったが、同じ精霊使いからなにかを学ぼうとする彼女の様子を見ていたら、水を差すことはできなかった。

たしかに、精霊を使って戦っている場面に出くわすのは珍しい。

光属性の魔力を持つ者の数が、そもそも少ないからだ。

前のめりで観戦するマリの横に立って、俺とアリアナも精霊たちとアイスイエティとの戦いを見届けることにした。

あっという間に、アイスイエティは精霊によって燃やし尽くされた。

「はは、この分ならこっから先も余裕だな」

セラフィーノの部下たちがニヤリと笑っている。

だが、その近くでトラブルが発生していた。

精霊同士で揉めていたのだ。

「お前、私の手柄《てがら》を横取りしたな？　あやつは、私だけで十分だった。お前の助けなど、一割にも満たぬ功績だったと言っておくぞ」

ウォールンの言葉に、フーコが言い返す。

「はぁ!?　このフーコ様の火属性魔法がなけりゃ、あいつは溶けちゃいなかった！　そもそもお前は図体がでかいだけで攻撃などできないだろう？　情けない壁役がお似合いだぜ」

「相変わらず口汚いな、フーコ。そんなことだから君はいつまで経っても殻を破れないのだ」

精霊二体は、そのままお互いに罵《ののし》り合いを続けた。

役目を終えた精霊の召喚を解こうと、セラフィーノの部下たちが命じるが、どうやらうまくいかないらしい。

「こいつら、俺の命令に従わねぇ！」

「くそ、主人を誰だと思ってるんだ、まったく」

精霊たちを戻すためには、召喚時同様に魔力が必要になる。

通常なら、精霊が指示に素直《すなお》に応じて戻っていくだけなのだが、抵抗されると話は別だ。

最悪の場合、召喚主との仲が完全に決裂して契約が解消され、二度と現れなくなることもあるとか。

今の状況を見る限り、そこまでの事態には発展していないが、ちょっと厄介そうだ。

しかもタイミングが悪いことに、そんな争いに反応したのか、二体のネーヴェサーペントが新たに出現した。

セラフィーノの部下たちのさらに奥から、こちらに向かってきている。

「おい、フーコ、まずはモンスターを倒せ!!」

「そうだ、とりあえず俺たちを守れ、ウォールン」

召喚主の男たちが指示するが、精霊たちに命令を聞く様子はなく、いまだにいがみ合っている。

「どうする、タイラー？　敵同士だし、先に行ってもいいけど、あのまま放っておいたらまずいよね」

アリアナが俺の様子を窺いながら言った。

「だな。仕方ない、なんとかしてやるか。万が一死なれでもしたら寝覚めも悪いし」

俺はそう答えて、大蛇がいる方へ駆け出した。

だが、このまま彼らの間に割って入って攻撃するにしても、サーペントの手前で言い争う精霊たちを巻き込んでしまう危険が高い。

部下の男たちも、それが理由で手をこまねいているようだった。

俺が逡巡《しゅんじゅん》していると、マリが横に立って精霊たちを召喚する。

「ここは、わたくしが！　エレメンタルプラズム・改！」

今日の彼女は、いつにも増してやる気に満ちている気がする。

彼女の召喚に応じて、羽のついた小さな精霊が杖先から出てくる。

彼らは、塊となって一斉にサーペントのところへ向かおうとするのだが……

「名もない、喋れもしない精霊は立ち去れ！　このフーコ様の前でなにをする！」

「それだけはフーコに同意しよう。実力のない精霊がしゃしゃり出てくる場所じゃない。引っ込んでいろ！」

フーコとウォールンがそう言って追い返してきた。

邪険に払い除けられて、マリの精霊たちが悲鳴を上げながら戻ってきた。

「なっ⁉　精霊さん、大丈夫ですの⁉」

マリが精霊たちを抱きとめて声をかける。

どうやら精霊界は、かなりの格差社会になっているらしい。

マリの精霊よりもあの二体の精霊の方が格上で、自分より下の者の言うことは聞かないというわけか。

もしかしたら、喋ることができて名前もある俺の愛猫なら聞く耳を持つかもしれないな。

そこで、俺は丹田《たんでん》に力を込めて両手を重ね合わせ、光属性の魔力を込めた。

「呼ばれて飛び出た！」

俺の魔力に応じて現れたのは、とっても可愛いお猫様、キューちゃんである。

宙で一回転してから、身体を丸めて、前脚をくいくいっと動かす。

着地してから、わざとらしく「にゃん」と鳴いた。

相変わらずのあざとさだった。

「またボクで暖を取りますか⁉　そうでしょう⁉　冬ですもんねぇ、仕方ないですよねぇ、にゃんこはぬくぬくですし～」

キューちゃんはすぐに俺に飛びかかってじゃれようとするが、そんな場合ではない。

俺は、フーコとウォールンが揉めている方を指さす。

「違うんだ。キューちゃん、あれ、なんとかならないか？」

「あー、精霊の喧嘩《けんか》ですか……なるほどなるほど。あれをなんとかしたら、甘えさせてくれます？　それ次第ですね」

「それくらい、いくらでもしてやるって。いつもやってるだろ」

「たしかに！　そういうことなら、ボクにお任せです！」

キューちゃんはそう宣言すると、言い争いを続ける精霊たちの間に割り入っていく。

身体の大きさでいえば、喧嘩をしている精霊たちよりキューちゃんの方がかなり小さい。

しかも、火を噴いたり身体を大きくしたりする相手だ。

「あの化け猫、大丈夫なの……？」

アリアナが不安そうに言った。

その気持ちが伝染して、マリの精霊みたいにはねとばされたりしないだろうか、と俺も心配になる。

だが、キューちゃんは精霊たちに向かって開口一番。

「喧嘩はすぐにやめなさいっ‼」

こう一喝した。

キューちゃんの方を振り向いた二体の反応が変わる。

「な、な、あなた様は……精霊幻獣・ミカエルミチーノ様⁉　……いや、まさかこんなところにいるはずはない！」

「フーコ、よく見てみろ。彼女の首に巻かれている美しい鈴。あれは神託《しんたく》の鈴だ。紛《まご》うことなく、本物だ」

「たしかにそうだな……煌々《こうこう》と光って見えるぜ。ということは、やはりこのお方が神からの圧倒的寵愛《ちょうあい》を賜《たまわ》り、高位の精霊獣を統《す》べるというミカエル――」

キューちゃんが、俺が聞いたことのない名前で呼ばれていた。

しかも、知らない情報もいくつか出ていた。

ただの精霊獣ではなく、幻獣？　しかもそのうえ、精霊獣のトップ？

そんなことを考えていたら、キューちゃんが大声で否定する。

「ち！　が！　い！　ま！　す！」

彼女が二体の精霊に向かって、両手の爪を見せながら威嚇《いかく》して続ける。

「今は、キューちゃんという素敵すぎる、そして、ボクにふさわしい超キュートなお名前があります。さぁ、復唱するのです！　さん、はいっ！」

猫の姿のまま腰に手をやり、彼女が得意げな顔でそう促す。

こうして見ていると、普段のキューちゃんと大して変わらない。

あざと可愛い以外の感想はないのだけれど、精霊たちには、彼女の威厳が伝わっているらしい。

フーコとウォールンは、すぐに頭を低くした。

「「キューちゃん様！」」

口を揃えて言う精霊たちを見て、俺たちもフーコとウォールンの召喚者であるセラフィーノの部下たちも目が点になっていた。

「はい、よくできました。じゃあついでに後ろの白い蛇、倒しといてください。ボクはご主人様と戯れるのに忙しいので、帰りますね！」

「「かしこまりました!!」」

うちのお猫様の命令に従って、フーコとウォールンがサーペントに向かって果敢《かかん》に攻め始めた。

「ご主人様～」

ボーッとその光景を見ている俺のもとに、キューちゃんがすごい勢いで飛びかかってくる。

しっかりと抱き留めると、彼女は頭をぐりぐりと胸元に埋めて黄金色の目で俺を見上げた。

「これでいいですよね、ご主人様」

「……あぁ、ありがとうな。でも、キューちゃんがそんなすごい存在だったなんて、知らなかったよ」

「あれ、以前言いましたよ、ボク。ボクはとてもとても高貴で、優秀な精霊獣です、って」

言われてみれば、たしかに。

だけど、俺が想像したよりはるかにすごい存在だったな。

「そんなことより！　ほら、言う通りにしましたよ。撫でてください、見た目がもふもふ毛玉になるくらい目一杯！　愛が足りません～!!」

今やすっかり俺の相棒になったキューちゃんだが、先ほどのやりとりを見て、格の高さを知ってしまうと、触《ふ》れるのも若干気がひける。

俺は頭を擦り付けてくる彼女に対して、反応できなくなる。

そんなキューちゃんの様子を見たアリアナが、ふんっと鼻を鳴らした。

「へぇ、この化け猫がそんなにすごい奴だったなんて、見えないわね。今なんてただの自立できない猫でしかないいし」

「アリアナさん……ほんと失礼ですね、あなたって人は！　偉い偉いボクとは大違いです。バカ、アホ、あんぽんたん！　べー、だ！」

「あんたこそ、ものすごくバカっぽいわよ、今」

「ボクはバカじゃないですっ!!　天才、無敵、えっと……」

「そんな言葉も思いつかないなんて、やっぱりあんたって」

「やめてください!!　とにかく、コーショーなんですったらぁ!!」

いつもの小競り合いが始まってしまった。

本当ならすぐにでも止めなければならないが、ほっと安堵もしていた。

どんなにすごい地位だろうが、キューちゃんがやっぱりキューちゃんだと再認識できたからだ。

俺は彼女の頭を遠慮なく撫でてやった。

精霊同士の争いの仲裁にキューちゃんの力を借り、フーコたちによって二体のサーペントは無事討伐できた。

俺たちはそこまで見届けてから、次の階層へ進む。

ここからは、さっきより強力な敵が待ち受けているに違いない。

そう気を引き締めていたのだが……

「ここは、任せてください。助けてもらったお礼です」

「そうですよ。ささ、後ろに下がっていてください」

いつの間にかセラフィーノの部下たちが俺たちを守るように歩いていた。

キューちゃんが精霊たちの争いを鎮《しず》めたことで、セラフィーノの部下たちに懐かれてしまったのだ。

俺たちを囲って警戒する部下たちのおかげで、かなり安全に進めるようになっている。

「ここまでしてもらわなくても大丈夫ですよ」

「心配いりません、俺たちもセラフィーノ様のもとで鍛《きた》えてきた身です。この程度の敵なら心配ありません」

遠慮するように俺が言うと、部下たちは首を横に振ってから言った。

こういう頑固な部分は、主人であるセラフィーノに似ている。

だが、俺たちが警戒を遠慮している理由は、部下たちに申し訳ないからというのとは別の理由だ。

アリアナが俺の服の裾《すそ》を引き、ひそひそと囁く。

「……タイラー、これどうするの。このままじゃ、あの人たちも一緒についてくるんじゃない？

サクラの教えてくれた道に進むんでしょ？」

俺は静かに頷いた。

当初は、サクラからの情報を頼りに俺たちだけでサッと目的地へたどり着くつもりだった。

だからこの状況は、いくら助けた恩返しでやってくれているとはいえ、都合が悪かった。

勝負事だし、もし裏切られることがあると考えれば、このまま自分たちだけが知っている情報をみすみす渡したくない。

それにこのままよく知らない人に囲まれているのも、窮屈でやりづらい。

俺は、この場を抜け出す方法をアリアナとひそひそ声で相談した。

結論が出たところで、もう片側にいたマリの肩を叩いた。

「へ、どうかしましたの？　ソリス様」

さすが元王女だ。肝《きも》が据《す》わっている。

こんな状況でも、マリは呑気に鼻歌を歌っていた。

俺の方を向いて、彼女はきょとんと小首を傾げる。

「この部下たちから離れようと思って、作戦を考えたんだ。聞いてくれるか？」

俺がマリに作戦の内容を耳打ちすると、彼女は両頰に手を当てた。

「まぁ、それはまた刺激的ですわね……！」

興奮した様子で彼女に承諾されて、俺たちはさっそく策を実行に移す。

マリとアリアナに俺のそばまで寄ってもらった後、とある魔法を発動した。

ツータスタウンでの抗争以来、久々に使用したそれは幻影魔法だ。

フェリシーのおかげで習得できた闇属性の特殊魔法である。

「タ、タイラーさんたちが消えた⁉　おい、いないぞ、いったいどこに行ったんだ⁉」

セラフィーノの部下たちが、俺たちがいなくなったことに気付いて動揺した。

だが、この魔法は姿をくらますだけで、もし俺たちがいる空間に触れられたら、その時点でバレてしまう。

そんな時に備えて、俺は続けて魔法を使った。

「あ、おい、あっちにタイラーさんの影があったような……」

「俺も、アリアナさんの髪の毛先を見たかもしれない」

ダンジョンの数カ所に、俺たちのダミーを影で作って設置した。

まだまだ慣れないから大量に出すことはできないが――

「おい、またネーヴェサーペントが出たぞ‼」

イメージさえうまくいけば、モンスターの姿を見せることも可能だ。

とはいえ、思い通りに実体化させるには、繊細《せんさい》な魔力操作が求められる。

さっき見たばかりのネーヴェサーペントを選んだからか、若干歪《ゆが》んでいて不完全な仕上がりになってしまった。

声や動きを再現することもできないが、混乱しているセラフィーノの部下たちはそこまで気づいていないようだった。

「お前らはタイラーさんたちを頼む。残りは、ネーヴェサーペント退治だ！」

目論見通り、部下たちが散り散りになった。

これで包囲網も緩んだし、抜け出しやすくなった。

術者の俺以外の二人は自分以外の姿が見えなくなっているので、俺がアリアナたちの手を引いて誘導する。

次の階層を探していると、目の前にアイスイエティが立ちはだかったが、モンスターからもこちらの姿は見えていない。

ここはスルーだ。

アイスイエティは大きな体を揺らして、のそのそ去っていく。

姿以外に魔力も感知されないようにできることも、この幻影魔法の特徴だ。

俺たちはそのままセラフィーノの部下たちを置いて、第二階層へ向かった。


またしても、行き先が二本に枝分かれしていた。

ここでもサクラの助言に従って、迷わず右を選ぶ。

それからはモンスターを倒して、次の階層に進んでの繰り返しだ。

五階層にやってきた時、ついに行き止まりにたどり着いた。

そこにあったのは、どこへ繋がっているわけでもない、全面が青色の厚い氷に覆われた大広間だ。

ただし、足の踏み場は多くない。天井や床の至るところに、大きすぎる氷柱《つらら》があるからだ。

「不溶輝石は、この氷柱のどこかに埋まってるのか……？　それにしても、俺たちの地元のトバタウンで探索した中級ダンジョンに似てるな」

「たしかにそうね。凍り付いた湖なんてなかったけど、それ以外は似てるかも」

同意するアリアナの言葉を聞きながら、俺はその時のことを思い出す。

それは、俺が全属性魔法を手に入れるきっかけになったところだ。

ちょうど今と同じようなダンジョンの行き止まりでワイバーンに襲われて、元パーティメンバーに生贄《いけにえ》にされかけた。だが、俺とアリアナの窮地を前に、それまで使えなかった魔法が覚醒して、新たな人生が始まったのだ。

まったく別の場所とはいえ、少しばかり感慨深い気持ちになりながらあたりを見回して、俺は目をつぶった。

そしてすぐ、反射的に刀を抜く。

「タ、タイラー!?」

「どうしたんですの、ソリス様」

アリアナ、マリをかばうように両手を広げて、俺は湖面に目を向けた。

「……その氷からモンスターの気配がする」

一見すると、ただの湖のようだが、その下にはたしかにモンスターの気配がする。

注意深く感知すると、湖面だけでなくこのフロア全体からそのモンスターの息遣いが伝わってきた。

「……一旦、下がろうか。この魔力は相当だ。下手に近付かない方がいいかも」

俺たちは、刺激を与えないよう、じりじりと静かに後退する。

「ここがサクラが言っていた湖だとすると、この近くに不溶輝石もありそうだが、どうしたものか」

対策を考えようとしたところで、後ろから突如大声が響いた。

「いいこと聞かせてもらったぜ！　行け、フーコ！」

「へっ、このフーコ様がすべてを溶かしてやるぜ!!」

振り向くと、そこに立っていたのはセラフィーノの部下の一人と、火の精霊だった。

部下の動きを制止しようと一歩踏み出したところで、目の前にライトニングベールが張られ、行く手を阻《はば》まれた。

「おっと、そこまでにしてもらおうか、タイラー・ソリス」

「……お前！」

「ふっ、いい顔だ。精霊同士の争いを仲裁したくらいで、俺がお前に感謝して従順になったとでも思っていたか？　俺たちがお前らを護衛してやっていたのは、お前らの後についていくことで、手柄を横取りするためにすぎない!!」

フーコの主《あるじ》が邪悪な笑みを浮かべた。

「やっぱりそういう目論みがあったのか」

俺はため息をついた。

「逃げられたのは想定外だったが……まぁいい。途中の分岐で他の連中は別の道へ行ったし、これで不溶輝石を手に入れた時の功績はすべて俺のもの。昇進間違いなしだ!!」

なんとまぁ、下卑《げび》た考えだ。

頭の中に地位と名誉のことしかないらしい。

「最低ね、ほんと」

「まったくですわ！　フィアン家の人間がそこまで落ちるなんて」

アリアナとマリの非難の声に耳を貸さず、彼はフーコに指示を出している。

俺がベールを壊して、どうにか外へと出た時には、湖面の氷はフーコによって溶かされ始めていた。

そして、先ほど俺が気配を感じていたモンスターが目を覚ます。

湖面から両翼を出して、溶けて薄くなった氷を豪快に砕いた。

「……氷の龍」

そこから勢いよく飛び出てきたのは、全身に氷を纏った龍種のモンスターであった。

大口を開けて、氷柱の一本を噛み砕いてから大きく咆哮《ほうこう》する。

「なんて大きさ……！」

アリアナは顔面蒼白だ。

前に戦ったワイバーンより大きく、貴族屋敷一つ分くらいの巨体とあれば、怖がるのも無理はない。

龍は翼をこちらへ向けて振り、氷の槍をいくつも飛ばしてきた。

俺は慌てて、火属性魔法の『ファイアウォール』で防御する。

氷の槍は刺さる直前で水へ変わった。

だが、攻撃の迫力だけでも相当なもので、セラフィーノの部下は腰を抜かして地面に尻もちをついていた。

「……な、なんて敵だ。ひっ……！」

戦意はほとんど喪失していたが、手柄をあげたいという欲望は消えていないようで、セラフィーノの部下が震えた声で命じる。

「お、おい、フーコ！　あ、あいつを倒せ！」

無茶な命令だ。

フーコはそれに反論しながら逃げ惑う。

「あんなバケモン相手に戦えるわけないだろう!!　俺様にだって、限界がある!!」

このまま、こいつらがいると、いつまで経っても戦闘に集中できない。足手まとい以外のなにものでもない。

俺がライトニングベールでフーコを捕らえると、セラフィーノの部下は諦めたように召喚魔法を解除した。

「くそ、俺の成果……！」

そして悔しそうに捨《す》て台詞《ぜりふ》を残しながら、階段へ向かって逃げていく。

龍が男を追撃するように氷の槍を飛ばすが、その攻撃を俺がファイアウォールで溶かした。

「あんな奴、放っておけばよかったのに！　タイラーはお人よしね」

「まったくですわ。あんな貴族の風上にも置けない行動をしたのですから、少しくらい痛い目に遭わせた方がよかったのでは？」

「いや、邪魔が入らなくなっただけで十分だよ」

俺はアリアナとマリに応えながら、心を落ち着け、魔力の膜を身体に纏わせていく。

火、水、風、土、雷、光、闇――その七種類の魔力を混ぜて、俺は超感覚――ガイアが言っていたところの『ラディア』を使った。

視界に捉えられない攻撃にも反応できる、完璧な危機察知能力だ。

本当なら、攻撃の際の気配を消せれば、より隙がなくなるのだが、そちらはまだ未完成だ。

鍛錬《たんれん》するにしても、今じゃない。

「グラアアアアッ！」

氷の龍が、こちらが本気になったのを察したのか、さっきより荒ぶる。

攻撃も翼をはばたかせて氷の礫《つぶて》を飛ばしてくるだけでなく、その口から氷の球を吐き出してくるようになった。

冷気で、周囲の空気が凍りついていく。

その攻撃は恐ろしく強力で速いが、動きは読める。

「アリアナ、マリ、そこに張ったベールの裏に隠れてくれ」

二人が頷いて、指示通りベールの方へ向かっていく。

俺は、攻撃の範囲外に彼女たちが隠れたのを見届けてから反撃へと転じた。

氷に対抗するなら火属性魔法だと思い、俺は刀身に火属性の魔力を流す。

それから炎を纏わせて『ブラストスラッシュ』を発動した。

鋭い一撃が氷の龍の羽を穿《うが》つが、大きなダメージは与えられていない。

羽の一部が欠けただけで、それもすぐに再生してしまった。

「なっ……!」

かなりのパワーを込めた攻撃だっただけに、大して効いていないことに驚愕する。

俺は距離を取りつつ、その場で次の手を考える。

火属性魔法自体は決して間違った選択ではないはず。

大事なのは、熱か。

俺は氷柱だらけの地形に翻弄《ほんろう》されながら、氷の龍による様々な攻撃をどうにか避けきった。

ラディアで攻撃を読み切ったおかげだ。

氷の龍が天井付近まで高く飛び上がり、距離を取った。

敵の攻撃パターンが読めてきたところで、俺は刀をしまい、後方に向かって叫ぶ。

「アリアナ、マリ、魔力をもらってもいいか?」

「うん、任せて」

「もちろんですわ、ソリス様」

彼女たちが頷くとともに、腕輪が光り出して二人分の魔力が流れ込んでくる。

自分のものと合わせて三人分の魔力を注ぎ込み、俺は別の魔法を放った。

それは『メルトヒート』と呼ばれる火属性魔法だ。

いつか、高温で溶かして採取する不思議な鉱石を手に入れるために使った魔法だ。

氷の龍が距離を取るため後ろへと下がっていくタイミングで、その攻撃が当たる。

効果は絶大で、龍はどんどん溶けていった。

「今ね！　恵みの雨を降らせよ！　アクアシャワー！」

追い打ちをかけるように、アリアナが水属性魔法で局所的な雨を降らせる。

メルトヒートと合わさって、辺りは蒸気で包まれた。

龍が逃げ場を見失って、呻《うめ》くような声をあげる。

どんどんとその身体は小さくなっていき、最後にはそのほとんどすべてが上空で溶けてなくなった。

ただ一粒だけ最後まで溶けずに残った何かが、真下の湖へと落下していく。

俺はそれをぎりぎりで掬《すく》い取《と》り、ほっと一息ついた。

まだメルトヒートの熱が残っているにもかかわらず、まったく溶ける気配がなく、冷たい粒。

間違いない、これが不溶輝石だろう。

俺は湖のすぐそばに着地して、二人にその粒を掲げて見せた。

「やったわね、タイラー!!　作戦も完璧だったじゃない！」

「ソリス様なら倒せると思っておりましたわ！」

アリアナとマリが俺の方へと駆け寄りながら口々に言う。

三人で集まると、俺たちは腕輪を合わせたのだった。

不溶輝石を手に入れた俺たちが、その足で屋敷の大広間に戻ると、ちょうどセラフィーノたちがノラ王女に対して成果報告を行っているところだった。

俺たちは邪魔をしないように、入ってすぐに脇に寄った。

そのタイミングで、なぜか室内がどよめいた。

何かあったのだろうか？

「ふふ、タイラー・ソリス様。やはり生きていたのですね」

皆を代弁するように、玉座に座っていたノラ王女が微笑みながらそう口にする。

「な、なっ……死んだんじゃないのか⁉」

一方、セラフィーノはこちらを振り向くやいなや取り乱した。

それから怒りの滲《にじ》む足取りで部下の一人の前に向かう。

その部下とは、俺たちを騙してすり寄ってきた後、氷の龍との戦いで逃げ出した精霊使いの男だ。

「おい、お前……！　タイラー・ソリス一行は化物と対峙して、犬死にしたと言っていなかったか⁉」

セラフィーノが男に向かって声を荒らげる。

「も、申し訳ありません！　ですが、あんな化け物じみた敵に勝てるわけないと思いまして！」

「それでも虚偽報告には変わりない！　奴を見ろ、怪我ひとつ負っていないではないか！」

二人のやりとりから察するに、俺はあの男の報告で死亡扱いされていたらしい。

「あ、ありえない！　あんな強力なモンスターと対峙したんだぞ!?　そういえば囲んでいた時も忽《こつ》然《ぜん》と消えたし、まさか別人に入れ替わってるんじゃ……」

精霊使いの男は俺たちの方を見て、慌てふためく。

俺はアリアナ、マリと目を合わせて思わず笑ってしまった。

「それ以上言うならここでクビにするぞ、お前！　お前の嘘が、当家の恥になるんだ」

セラフィーノが、いまだ過《あやま》ちを認めない男を叱《しか》りつけた。

それから再度ノラ王女の方を振り返り、深々と頭を下げる。

「大変申し訳ありません。先ほどの報告は誤りでございました」

「下がりなさい」

ノラ王女が、ただ一言だけそう言い放つ。

総毛立つくらい、冷たい声であった。

普通に怒られるより、よっぽど恐ろしい。

執事が、王女の機嫌を察すると早口で俺に命じた。

「で、では、タイラー・ソリス様！　お戻りになったばかりで申し訳ありませんが、次の報告をお願いいたします！」

仕方なく、この気まずい空気の中、ノラ王女のもとへ俺は進んでいく。

周囲からいくつもの視線が突き刺さる中、俺は壇のすぐ下で片膝をついた。

布にくるんでポケットにしまっていた不溶輝石を手のひらに乗せて差し出す。

「……その輝きは」

ノラ王女がそう呟いて玉座から立ち上がった。

引き寄せられるように、俺の前に下りてくる。

ドレスのすそを少したくし上げて、腰を屈めながらまじまじと輝石を見つめている。

「たしかに見た目は、伝承にあった内容にそっくりですね……冷気も感じます。これは、どうやって？」

それから彼女は視線を上に向けて、俺の瞳を覗き込んだ。

石の光を反射して、ノラ王女の琥珀色の瞳が輝く。

「えっと、氷の龍を倒した際にそこからドロップしたのです。龍が溶けて消えた後に残っていたので、おそらく求めていた魔石だと思います」

「氷の龍、ですか。では、どうやら間違いありませんね。おそらくあなたが倒したのは、パーマフロストドラゴン。伝承でもその龍の中から魔石が採れると聞いたことがあります」

王女の説明を聞きながら俺が呆然としていると、彼女は石を俺の手から受け取って、ふっと耳元に唇を寄せてきた。

「正直、二人がどんな石を持ってきても、あなたの方を不溶輝石と言い張るつもりだったんですよ、わたし。これが存在することは伝説の中だけだと思っておりました」

「え……」

「そう驚くことでもないでしょう？　わたしは最初から、あなたを贔屓《ひいき》するつもりだったんですから。それくらいはします。まさか本当に手に入るとは、つゆほども思ってもおりませんでした」

ノラ王女がこういう人だとすっかり忘れていた。

その清廉《せいれん》そうな見た目とは裏腹に、自分の目的を叶えるためならどんな謀略《ぼうりゃく》も使う強《したた》かさがある。

そもそもこの勝負が実施された理由は、ノラ王女がセラフィーノと婚約を破棄するため。

ならば、俺のはたらき次第で結果が変わるようなルールにしているはずがない。

どうやら、俺の頑張りは徒労に終わってしまったようだ。

俺が脱力しそうになっていると、ノラ王女が微笑んできた。

「だから素直に感謝申し上げます。タイラー・ソリス様。本当に存在するなら、手にしてみたかったのです」

この微笑みが見られたなら、頑張った甲斐《かい》もあったかな。

しかも今の笑顔は、これまでの演技とは違って、心の底からの笑みのような気がした。

だが、そうほっとしたのも束の間、王女は目つきを鋭くして、セラフィーノを見た。

「セラフィーノ様、これで文句ありませんね？　ここからの約二週間も、屋敷内の部屋は引き続きソリス様方に使っていただきます」

彼女の脳内では、おそらくここから先の展開が描かれているのだろう。

「し、しかし……」

食い下がるセラフィーノに、ノラ王女が冷たく言い放つ。

「はじめにご説明したルールの通りでございます。かたや任務を完璧にやり遂げ、かたや失敗続きの上に虚偽報告。ここまで差がついたのに、まだ何か言うことが？」

「……ですが、あなた様の婚約者は私です。私があなた様を守るのが筋《すじ》であるかと思うのですが」

ノラ王女が呆れたようにため息をついた。

「セラフィーノ様では不安だと申し上げているのです。それに、最初に申し上げました通り、わたしの婚姻相手は、仕事ができる人でなければならない。正直、あなたにその力があるとは思えません。幻滅しました」

「そんな……！」

ノラ王女が、どんどん自分が描いている筋書き通りに話を進める。

「あなたには、婚約の破棄を――」

その勢いのまま、王女が最後の一言を口にしようとする。

これで、俺の極秘依頼も終わりかと思ったその時――

「お待ちください！」

セラフィーノが大声でノラ王女の言葉を遮った。

そして俺とノラ王女の前まで出てくると、両膝をついて頭を下げた。

「あと一度だけで構いません!!　僕にチャンスをください!!」

そして土下座のまま、空気が震動するほどの大声で泣きの一回を申し出た。

恥も外聞《がいぶん》も捨てたといわんばかりの行動だ。

大貴族とは思えぬ姿に、彼の部下たちも目を見張っていた。

だが、セラフィーノは一直線にノラ王女を見ているようで、周りの反応などまったく気にしていない。

「僕は間違いなくこの男より強い!! そして僕の部下たちも、あなたを守るにふさわしいだけ、鍛えている。実力のみの直接対決で、それを証明させてください!! どうか、この通り!!」

この必死すぎる懇願は、さすがにノラ王女予想していなかったようだ。

手のひらの付け根を額に当てて、深いため息をつく。

まぁ、人前で謝ってパワープレーに出るくらいなら潔《いさぎよ》く身を引くのが貴族だ。

この行動が読めなくても無理はない。

頭を上げないセラフィーノをしばらく無言で見下ろしていたノラ王女が、不意にこちらへ顔を向けた。

「お願い、できますか?」

気は進まないが、乗りかかった船だ。

俺は渋々頷いたのだった。


セラフィーノの土下座により、模擬戦を行うことが決まった数時間後。

俺とアリアナは、控室で試合開始の時間を待っていた。

俺はセラフィーノが言っていたルールを口にする。

「それぞれ代表者を三人選んで一対一の三本勝負を行い、勝ち数が多かった方を勝者とする……か。てっきり俺だけが勝負するものだと思ってたよ。勝負の判定は、審判が止めたらそこで終了らしいな」

「部下を含めて、護衛としてどちらがふさわしいか評価してもらいたいのかしらね。それか、もしくはタイラーとの一騎討ちだけだと不利だと思ったから、この形式にしたのかも。これならセラフィーノが負けても、総合で勝てる可能性もあるだろうし」

「でも、セラフィーノも強いはずなんだけどな」

実際、雪崩を引き起こした時の火属性魔法はかなりの威力だった。

戦闘時には、セラフィーノの部下たちがベールの結界を張って安全を確保するという話だったが、それすら突き破ってもおかしくない。

どうやって戦えば周りを巻き込まないか、俺は刀の手入れをしつつ思考を巡らせた。

それからしばらくして、ふと気づく。

もう試合開始直前だというのに、マリがまだ来ていないのだ。

三本勝負で参加してもらう予定だったので、そろそろ来てもらわないとマズいのだが。

「マリ、どこでなにしてるんだろ」

「部屋で寝てたりするかもよ。図太いのよね、神経が。私、ちょっと見てこよっか?」

「あはは……そういうことなら、俺も行くよ。簡単には起きないだろうからな」

俺はアリアナと二人で部屋の扉を開けた。

目の前には、うちの小さなメイドが待ち構えていた。

しかもどういうわけか、彼女の手には箒が握られている。

「サクラ⁉　なにしてるんだ、こんなところで、そんなもの持って」

「マリ様は試合に出られなくなりました。ですから、私がマリ様の代わりに出場します」

「……は？」

サクラの話が、さっぱり理解できない。

「マリが出られなくなったって、なにがあったのよ。しかも、その代わりがサクラ？」

思考が止まっていた俺の隣で、アリアナが気になっていることを代わりに聞いてくれる。

それに対して、サクラが淡々と答えた。

「マリ様は出場する気満々だったのですが、私がお止めしたのです。妹君のノラ王女の前で、それも多くの人の目がある中で魔法を使えば、マリ様の素性がばれてしまいかねません。ですから、お出にならない方がよいと」

たしかに、サクラの言うことももっともだ。

実際、ノラ王女はすでにマリの正体に気付いているから、その点を気にする必要がないとはいえ、それは俺とノラ王女の間だけの認識だ。

「なるほどね……それは一理あるけど、なんでサクラが代わりに出るのよ。そもそもあなた、戦えるの？」

アリアナが尋ねると、サクラはすぐに首を縦に振る。

「はい。お任せください」

なんとなくだが、彼女からは強者の雰囲気が漂っていた。

感情の揺らぎがほとんど表に出ない彼女だ。

完璧メイドの裏の顔が、実はポーカーフェイスで敵を討つ凄腕魔法使いだったりして……

「箒《ほうき》を握れば最強だと、メイドたちの間でも言われておりました。どんな獰猛《どうもう》な虫にも負けたことはありません」

俺の妄想《もうそう》は、彼女の一言で砕け散った。

うん、これはダメだね。

虫相手ならば頼もしいが、戦えるようにはまったく見えない。

戦えることをアピールするためか箒を振っているが、その動きは完全に素人《しろうと》だ。

それに、サクラが魔法を使うところは、今まで一度だって見たことがない。

生活魔法の一つすらもだ。

「サクラ、気持ちはありがたいけど、出場はやめておこう。相手は戦い慣れているだろうし、危険だ」

「……しかし、マリ様をお引止めしたのは私でございます。その責任は私が取らなければ」

「二つ勝てば済む話だろう？　それに、サクラのアドバイスでさっきの任務は勝利できたんだ。それだけで、サクラは十分俺たちを助けてくれてるよ」

「そうそう！　ここは私たちに任せてよ」

俺とアリアナでサクラの説得を始めたところで――

「会場へ来てください」

話の途中で、俺たちにお呼びがかかった。

俺とアリアナは目を合わせた後、サクラの両肩をそれぞれぽんと叩く。

「まぁ見ててくれよ、サクラ。すぐに終わらせてくるよ」

「そうね。私だって、結構強いってところ、見せてあげる！」

そして、俺たちは会場へ向かうのだった。

屋敷の中にある鍛錬場が模擬戦《もぎせん》の舞台だ。

過去には、何人もの兵士がここで鍛錬に励んだのだろう。

動き回るには十分な広さがあり、その周りは光属性魔法使いによって作られた壁で覆われている。

試合はそのベールの内側で行われる。

他の参加メンバーはフィールドの両端に残されたスペースで待機だ。

相手陣営の方に目を向ければ、セラフィーノが俺の方を強く睨みつけてきていた。

「人数が足りてなくないか？　タイラー・ソリス！　欠場が出るなら不戦敗ということにするぞ」

「悪いが、事情があってもう一人は出られない。こっちは二人で構わないから、これで始めよう」

「ふんっ。言われなくてもそのつもりさ。僕はなんとしても勝ちたいんでね」

セラフィーノは、いっそう憎悪《ぞうお》のこもった視線を俺に向けた。

見ていて気分がいいものじゃない。

俺はその視線から目を逸《そ》らして、二階に設けられた観覧席を見た。

その真ん中にいたノラ王女が、こちらを見下ろしている。

視線が合うと、にこりと微笑まれた。

『頑張ってくださいね』ではなく、『負けませんよね?』と圧をかけられた気がして、背筋《せすじ》がゾワッとする。

すぐに他の場所に目を向けると、会場の脇にサクラとエチカの姿を見つけた。

わざわざ作ったのか、『お兄ちゃん・アリアナさん、頑張って!』と書かれたボードを掲げてくれている。

俺はそれを見て、じーんと胸が熱くなった。

「エチカちゃん見てたら、やる気出てきた。すっごく」

アリアナにも、エチカの思いはばっちり届いたらしい。

彼女は、両の拳《こぶし》を握って気合を入れる。

「先鋒《せんぽう》、フィールド内へお進みください」

審判からこう促されて、アリアナがベールの中へ入っていった。

俺たちは、先鋒をアリアナ、中堅をマリ、大将を俺で設定していた。

マリの欠場を知らされる前に決めていた順番だが、そのままにしてある。

アリアナと相手の男がそれぞれの位置について向かい合う。

そして、いよいよ戦いの火ぶたが切られた。

「では、一回戦。模擬戦始め！」

アリアナの相手は、さっきダンジョンの途中まで一緒だった、ウォールンという精霊を操る男だった。

彼はすぐに召喚魔法でウォールンを呼ぶと、自分の回りを覆うように壁を作らせる。

「ウォーターアロー連弾!!」

アリアナは水を纏わせた数本の矢を放って壁の隙間を狙おうとするが、その攻撃は弾き落とされていた。

「はは、まったく効かないな！　ウォールンは鉄壁なんだよ。俺にその矢は届かない！」

たしかに、彼が言う通り簡単に攻略できる相手ではないが、このまま膠着《こうちゃく》状態が続けば、向こうも攻撃できないはず。

どうするのかと見ていたら、男がその壁のわずかな隙間から光の球を放ってきた。

アリアナはそれをうまく躱すが、厄介なのは間違いない。

鉄壁の防御にくわえて、その間から自在に攻撃されるとあって動きづらい。

弓を引く機会を窺っているが、なかなかチャンスがないようだ。

「じりじり近づかれてる……！」

しかも、アリアナが言う通り、先ほどから後ろへ距離をとって逃げているため、壁がアリアナの前を塞いでいる。

じりじりと角へ追い詰められていた。

ベールの中ならではの戦い方だ。

アリアナの弓は、飛び道具であり、ある程度距離を保っていないと真価を発揮できない。

そもそも、限られた空間の中での戦いは不得手《ふえて》だ。

あのまま距離を詰められたら厳しい。

どうにかする方法はないのかと、俺も戦っているつもりで戦況を見つめる。

「『ピアーシング・ストリームショット』!!」

俺が思いついた策は、すぐにアリアナが実践してくれた。

水の勢いに乗せて矢を貫通させる技だ。

アリアナがその技でウォールンの身体の四隅を貫く。

「うぉぉぉ!!! いてぇぇぇっ!!」

術者を覆うように身体を広げていたウォールンが、みるみるうちに縮んでいく。

「今のうちね!」

その隙にアリアナは攻勢に出ようとするのだけれど——

「なんてな。甘かったな、小娘」

彼女の両腕が、背後から伸びてきたウォールンの腕により捕まっていたのだ。

「な、なんで……!」

「光で作った壁にならば、同化することもできるんだ。最初から、嬢ちゃんは敵の中にいたようなものってわけさ‼」

はっきり言って、反則スレスレの手だ。

この壁で覆われた空間での戦いなら、勝ち目がないに等しいのだから。

そうこうしているうちに、アリアナは足もからめとられて、完全に身動きが取れなくなる。

どうにか抜けようともがくが、その状態を見たところで、審判が手を上げた。

「勝負あり！　先鋒戦はセラフィーノチームの勝ち！」

思わぬ形での、早期決着による敗戦であった。

……というか、え、これで俺たちは負けが確定したのか？

「ありえない！　こんなのずるよ‼」

アリアナが抗議の声を上げる。

「し、しかし、一応ルールの中の話ですし……」

審判を務めていたノラ王女の従者は、たじたじになりつつも、身振りを交えてそう説明した。

たしかに判定内容は、ルールに則っていたが、彼女が納得いかないのはよく分かる。

しかも、これで勝負が終わりだと考えたら、いっそう受け入れがたい。

「中堅は、欠場だから、僕たちの勝ちだな、タイラー・ソリス……‼」

セラフィーノがこちらを見下すような笑みを浮かべた。

二階席にいた使用人、それに戦いに参加していないセラフィーノの部下も困惑している。

非難する声もちらほら聞こえた。

だが、セラフィーノはとにかく勝てればなんでもいいようだ。

おいおい、こんな勝ち方でいいのか？　プライドとかないのかよ。

というか、この卑怯《ひきょう》な勝ち方でノラ王女が振り向くと本気で思っているのか？

まぁ、そもそも土下座して始まっているし、セラフィーノはすでに体面とか気にしていないのか。

「お前が土下座して『私ごとき有象無象が、盾突いて申し訳ない』と謝るなら、勝負を続行してやらんこともない。僕がじきじきに相手しよう」

あろうことか、セラフィーノがこんな要求を口にした。

このまま負けというのも悔《くや》しいが、かといって土下座をするのもかなり屈辱的《くつじょくてき》だ。

俺は判断に迷う。

ノラ王女をちらりと見るが、彼女もため息をついている。

一応勝負の内容自体は成立していたので、止めることもできないらしい。

「さぁどうする？」

セラフィーノが鼻で笑う。

ここで負けを認めてノラ王女からの任務を遂行できなくなるか、セラフィーノに土下座するか、俺は二つの選択を吟味《ぎんみ》した。

そして、この場で大事にするほどのプライドもないか、と俺は頭をかいた。

目的のためなら、と地面に膝をつこうとしたその時――

「中堅ならいる。私……わたくしがやります、通してください」

俺の後ろにあった扉から、予期せぬ人物がやってきた。

「マリ……？」

彼女は銀の三つ編みお下げを少しうっとうしそうに後ろへ払ってから、どこか一点をじっと見つめる。

俺はその行動になんとなく違和感を覚えた。

本物のマリが、王女が近くにいる場に現れるはずはないのだから。

「おい、えっと……」

俺が戸惑いつつも呼び止めると、彼女はこちらを振り向く。

「なに、タイラー。私、マリ。じゃなかった……わたくし、マリ」

やはり喋《しゃべ》り方がたどたどしいし、声もどことなく幼い。

こんな真似ができるのは、フェリシーだけだ。

彼女なら幻影魔法でマリに姿を変えることも可能なはず。

まぁ、俺から見たら、はっきり言ってフェリシーそのままなのだが。

「うん、それはもう分かったから。えっと、戦ってくれるのか？」

「……うん。タイラーが土下座するところ見たくない。情けない」

「おい、言いすぎだろそれは……というか、あんまり派手にやるなよ」

「大丈夫、そこまでの魔法は使わない。私の魔法の中身に気付かれる前に終わらせる」

フェリシーの技なら初見で見切られるようなことはないだろう。

闇属性魔法を使っていると知られるとまずいが、幻影魔法だけなら魔力を相手に感知させないから、戦えるわけか。

「……分かった。頼む、フェリシー」

「うん。安心して見てて」

彼女がちょっと口角を上げて笑う。

審判は困惑していたが、「なくなろうとしていた第二戦が始まるだけなので問題ないでしょう」

というノラ王女の一言で、模擬戦が再開される。

フェリシーが、アリアナと入れ替わるようにしてフィールドの中へ入っていった。


待機所に戻ってくるとすぐに、アリアナが俺に確認する。

「あれ、フェリシーよね」

アリアナもフェリシー扮するマリには違和感を覚えたらしい。

「大丈夫なの、あの子？　たしかに幻影魔法はすごいけど……」

彼女はフェリシーがガイアと戦っているのを見たことがない。

まるで我が子を見守るかのごとく、アリアナは心配そうにフィールドへと目を向けた。

俺もつられてフェリシーの方を見るが、彼女の戦いを見る限り、最短で決着をつけるつもりらしい。

「なっ、分身……!?　こんな魔法、見たことがねぇ。手品の類《たぐい》か？　しかも、なんだこの数！」

フェリシーは幻影魔法で自分の姿を増やして、相手を一気に包囲していた。

そして分身体含む全員が一斉に魔法杖を構えた。

その光景に、二階の観客席から驚きの声が上がる。

無理もない。あんな魔法、見たことがない人が大半なのだから。

「くそ、こうなったらやけくそでもやるしかねぇ……！」

しかし、相手も惑わされているばかりではない。

武器である短剣に、バチバチと雷を纏わせると、胸の高さで三日月状の雷撃を放った。

遠距離から放つこの攻撃なら、いくら本体の居場所が分からなくとも、分身に対応できるだろう。

彼女はマリではなくフェリシーだから、本体の方が身長が低く、攻撃が当たってもダメージを負うことはほとんどない。

そもそもフェリシー本人が分身の中にいないのは、魔法を見破れる俺は分かっていた。

彼女自身は、フィールドの端の安全圏に幻影魔法で身を隠しながら座っていた。

相手は分身を見た時点で、その中のどれかが本物だという思考に囚われている。

「くそ、どうして、どこにも当たらないんだ!!」

そのうえ、フェリシーは虚像《きょぞう》たちを上手く操り、相手を翻弄している。

高速で動く分身を前に、相手はバランスを失って膝をついた。

もう勝負はほとんどついているようなものだ。

あとは、審判が決着をいつ告げるか次第。

俺がやきもきしながら見守っていると、相手が錯乱《さくらん》し始めた。

「まさかここにいるんじゃないよな！」

他の人が見れば何もないところに向けて、男が剣を振り下ろした。

たぶん、完全なる当てずっぽうだろうが、何度も振るうちにフェリシー本人へと徐々に近付いていた。

身を隠したまま、フェリシーがその場から移動しようとしたところで足音が鳴る。

「今、そこで足音がした……！　たしかにしたぞ！」

幻影魔法で隠せるのは、あくまで姿だけだ。

フェリシーはフィールドの中を必死に逃げ回る。

動揺しているのか、幻影たちが次々に消えている。

「やはりだ。間違いない！　追いかけっこはこれでしまいだ‼」

確信を持った男がフェリシーに武器を振りかざす。

「おい、もうそこまでにして――」

これはフェリシーが危ないと思い、俺がストップをかけようとした時、フィールド全体が真っ黒になった。

よく見てみれば、それは小さな羽虫だ。

それが、フィールド全体を大量に飛び回っている。

「ひぎぃっ⁉」

叫び声が隣のアリアナを皮切りに、会場全体のあちこちから聞こえ始めた。

観客席は混乱に包まれ、さらにフィールドにいた男も悲鳴を上げた。

「な、なんだよ、これ！　本物じゃないいんだろ、そうだろ!!」

完全に動揺していた。

乱雑に武器を振ると、虫は一瞬滅るのだけれど、すぐにまた元に戻る。

フェリシーがその隙に、安全圏へと再び逃げていた。

「こ、降参だ!!」

とうとう限界を迎えたようで、男が泣きそうな声で宣言した。

審判が慌てて旗を振り上げる。

「勝負あり！　中堅戦の勝者、タイラーチーム!!」

こうして、まさかの方法でフェリシーが勝利をもぎ取ってくれたのだった。

フィールドから出てきたマリに扮するフェリシーには、驚きを含んだ目が四方八方から注がれていた。

幻影魔法は、俺もフェリシーから習得しただけで、本来は特殊な存在——魔族だからこそ操れる異質な力だ。

周囲が驚くのも無理はない。

「いったいなんの属性の魔法なんだ？　特殊魔法か？」

ひそひそ囁かれる中、フェリシーはそれを意にも介さず、俺とアリアナのもとへ来た。

「かなり疲れた、もう眠い」

幻影魔法でマリの姿に見せていても、そのとろんとした目は完全にフェリシーだと分かる。

彼女はごしごしと両目をこすってあくびする。

さっきまで戦っていたとは思えない、まったりした表情だが、想定外の大仕事をしてくれたのには違いない。

俺は彼女に、にこりと笑いかける。

「強かったな、フェリシー」

「……当たり前。後で全部終わったらご褒美に撫でて」

俺は即座に頷いて承諾した。

なんなら抱き上げての高い高いだって、おままごとだって、なんでも付き合うつもりだ。

「分かった。じゃあ一分後だな」

「……一分？」

「俺の出番、大将戦だよ。すぐに終わらせて戻ってくるからな」

親指を立てて宣言する。

審判に呼ばれて、俺はフィールドへ向かった。

反対側から、セラフィーノが歩きながら話しかけてきた。

「おいおい、タイラー・ソリス。なんだ、あの女は。あんな魔法を使えるお仲間がいるなんて聞いてねぇぞ、僕は」

頬をぴくぴくと引きつらせて怒り剥き出しの顔だが、わざわざ答える義理もない。

俺はその問いかけを無視して、開始線に立った。

俺の対応が癪《しゃく》だったのか、セラフィーノが向かいの開始線に立ちながら、苛立《いらだ》たしげに言う。

「上等じゃねぇか……!!　そっちがそういう態度なら、完膚《かんぷ》なきまでにぶちのめしてやるよ」

その数秒後、審判員の旗が上がる。

「はじめ！」

そのコールとともに旗が下ろされた瞬間、俺は一気に動き出した。

風属性魔法を手足に込めて、後ろへ放つと、勢いよく前へと飛び出す。

対するセラフィーノも前へ出て、剣先一点に火属性の魔力をこめて突きを放つ。

「『ファイアスラスト』!!」

突きを直線上に放つので隙は多い技だが、それを何発も連続で放ってくる。

その辺はさすが実力者といったところだ。鍛えているのは伊達《だて》じゃないらしい。

俺はその一つ一つを躱したり、刀で受け止めたりしながら、セラフィーノの横を取る。

「残念だが、お前の動きは僕には見えているぞ!!　うぉぉぉ!!」

セラフィーノがそれに反応して、攻め手を変えてきた。

剣に大きな火を纏わせながら剣を右から横なぎに振り抜く。

だが、俺に言わせればその攻撃は見え見えだ。

ラディアを使うまでもない。

俺は彼の技を刀で受ける。

「弱い、弱い、弱い!!　僕の方がふさわしいのだ!!」

セラフィーの押し込む力が強くなった。

ならばと、俺はその勢いを自分の攻撃に使わせてもらうことにした。

あえて力を抜き、剣の強さに流される。

真っ向から受け止めると思っていた彼の身体が、勢い余って少し引っ張り出された。

俺は身体を回転させて斜め上に飛び上がると、姿勢を崩していたセラフィーノの右肩口に刀を叩き込んだ。

もちろん峰《みね》打《う》ちだ。

「な、なんだと……」

セラフィーノがカランと剣を落とした。

そのまま、彼はその場に倒れ込む。

それを見てから俺は着地して、セラフィーノに一言。

「勝負あり、だな」

「僕が負けるだと……!?　しかもこの一瞬で？　ありえない、なにをしたんだ!!」

「俺はなにもしていない。ただ、お前が怒りを剥き出しにしすぎたせいで、動きが単調になっていたんだ」

もし、彼が冷静さを保っていれば、俺ももう少し苦戦したかもしれない。

彼の火属性魔法には氷壁を崩してしまうくらいの力があるし、使いようによっては俺も大ダメージは免《まぬが》れなかった。

だが、今回は特に策を巡らせることもなく、ただ俺を倒そうというだけの動き。

それは、とても読みやすいものだった。

俺はちらりと審判の方を見る。

審判はびくっと跳ねたあと、すぐに旗を上げようとするが、そこでセラフィーノが這いつくばりながら呻いた。

「待て。うっ……僕はまだやれる、まだ終わってない‼」

なんて諦めの悪さだろう。

もう武器も落として戦える状態でもないのに、いまだに審判を睨んでいる。

できるだけ強くと思って肩を叩いたから、セラフィーノの右腕は今動かないはずだ。

審判が戸惑いながら、旗を上げるのを躊躇《ちゅうちょ》している。

しばらく膠着状態が続くように見えた時間は、鶴《つる》の一声で終わった。

「いいえ、勝負はつきました。誰の目から見ても明らかです」

いつの間にかノラ王女が二階の観覧席から下りてきていたのだ。

彼女は、術者に命じてフィールドを覆っていたベールを解除させると、こちらへと静かに歩いてくる。

そして、俺のもとまで来て足を止めた。

ノラ王女がいきなり俺の両手を掴《つか》んで見つめてくる。

そして、甘えたような声で、衝撃の発言を口にする。

「やはりあなたのような強い殿方にこそ、わたしのそばにいてほしいものですね」

ざわりと会場の空気が揺れる中、ノラ王女が俺の手の甲にそっと唇を当てた。

そのあと俺の肩に頭を預けた。

……なにこれ、としか言えない状況で、俺はまったく反応できない。

おそらくこれは彼女のシナリオ通りだ。

セラフィーノからの再戦の要求を呑んだ時点で、こうやってケリをつけようと決めていたのだろう。

この状況を楽しんでいそうな雰囲気すら感じられた。彼女の頬が少し上気しているのも、そのためだろう。

「な、な、なにやってるの〜!? ちょ、ちょっと待って。理解が追いつかない」

待機場所からアリアナの絶叫が響くが、ノラ王女はお構いなしでセラフィーノに言い放つ。

「というわけですから、セラフィーノ様。事の顛末《てんまつ》はすべて、父に伝えます。そのうえで婚約は破棄させてもらいますね」

「そ、それだけはどうか」

彼の言葉に耳を貸さず、ノラ王女は強引に俺の腕を引いて身を翻《ひるがえ》した。

「さ、行きましょう、タイラー様。疲れたでしょうから、一緒にお茶でもしませんこと?」

「え、えっと、いいのですか、これで」

戸惑いながら俺が尋ねると、小さな声で告げられる。

「完璧ですよ、タイラー様。ここを出るまで、お付き合いください」

仕方なく頷き、ちらっと後方を振り返ると、セラフィーノがこの世の終わりのような表情をしていた。

俺はノラ王女に連れられるまま、会場を後にしたのであった。


ノラ王女からのややこしい依頼を終えて疲れ切っていた俺は、一人で温泉に浸かっていた。

どうやら氷の龍がいたダンジョンの地下水が源泉で、あのモンスターを倒したことで再び湯が出てくるようになったらしい。

「……ほんとやってくれるよ、あの王女様は」

首まで湯に沈めて、俺は思わず呟く。

模擬戦が終わった後、「二人でお茶をする」という誘いに大勢の前で応じた手前、何もしないわけにはいかず、俺は一度ノラ王女の部屋へと向かった。

そこでしばらく休んでから、中庭を通ってこそこそ自室へ戻った。

野次馬《やじうま》を避けるために、ノラ王女が取り計らってくれたのだ。

だが、そこからが大変だった。

「タイラー……あれは！　なに!?」

「聞きましたわ、ソリス様。ノラまで虜《とりこ》になされるなんて、さすがですわね。妹と一緒にもらわれるというのも面白いですわね」

「お兄ちゃん、私もなにも聞いてないよ!?」

部屋に戻った俺のもとに駆け寄って、アリアナ、マリ、エチカが口々に言う。

若干一名、元王女様が変なことを口走っていたが、アリアナとエチカに質問攻めされた。

正直に、実はノラ王女の婚約破棄を手伝わされたのだと明かすが、簡単には頷いてくれない。

結局食後までアリアナたちの尋問は続き、理解してくれるまでに結構な時間を要した。

今こうして温泉に浸かっていられるのは、その疑いがようやく晴れたからだった。

俺は目をつぶりながら、雪の降ってくる夜空に顔を向けて息をつく。

なにも考えないでぼうっとしていると、柵を隔てて向こう側にある女湯から声が聞えてきた。

「タイラーったら、本当に色んなところでモテるんだから。まさか王女様もなんて」

「でもお兄ちゃんはさっき違うって言ってたよ？」

どうやら、アリアナとエチカが来ているらしい。

「まぁそうだけど……ノラ王女がどう思っているかは分からないじゃない！　あの態度を見てると全部演技って感じもしないのよね。今回だってわざわざ、タイラーを護衛に選んだわけだし」

「でも、お兄ちゃんはきっとアリアナさんが好きなんじゃないかな」

「そ、そう見える!?」

聞いたらまずい話を耳にした気がする。

この状況をどうしようか。

どう考えても女子同士の話だし、俺に筒抜けだと知られるのはよくないだろう。

だが、その思いに反して耳から入ってくる情報から勝手に思考が巡る。

最近は誰が好きだとかあまり考えていなかった。

アリアナと新パーティを結成して、マリたちが家に転がり込んで以来、今日《こんにち》にいたるまで激動の毎日で考える余裕がなかったのだ。

これまで会った色々な人の顔が頭に浮かんでいく。

幼馴染であるアリアナの眩《まぶ》しい笑顔、能天気に頬を緩ませるマリの顔、好きだと告白してキスしてきた時に見たランディさんの切なげな顔。無表情だけれどよく見れば変化に気付けるサクラの顔、それから眠たげなフェリシーの顔……

まぁ、フェリシーはさすがに問題なので候補から外すとして、ともかく多くの人と出会ってきた。

そんな風に考えている間に、壁の向こうから話の続きが聞こえてくる。

「で、でもマリもランディさんもいるし……」

「あはは、あとサクラさんもじゃない？」

自信なさげに言うアリアナの言葉に、エチカが応えた。

「そう考えるとモテすぎよね、私の幼馴染」

「妹としてはちょっと誇らしいかも。モテますねぇ、私のお兄ちゃん」

そろそろ話を聞くのをやめた方がいいな。

そう思うが、うかつに動いて男湯にいることを知られるのも避けたい。

ここは会話を脳からシャットアウトして、もう少しこのまま、静かに浸かっていよう。

だが、無心で目をつぶっていた俺の耳に、今度はマリの声が聞えてきた。

「ふう、いい湯ですわね」

声はやけに近いところから響いてくる。

嫌な予感がして俺が目を開くと、マリはすぐ横で湯に浸かっていた。

髪を団子結びで束ねて、空を見上げながら、まるで当たり前かのようにくつろいでいるではないか。

白く大きな胸が水面にぷかぷかと浮いている。

「あ、ソリス様。起きていらしたのですね」

俺は慌てて、マリの口を塞いだ。

アリアナたちはトークが盛り上がっているためか、こちらの声には気づいていないようだ。

俺がホッとしていると、マリが俺の手のひらをはがして息を吐いた。

「ふぅ。い、いきなりですわね。でも、少しくらい苦しい方がわたくしはむしろ好きで――」

マリはいつものごとく、変態的なことを言って頬を染めるが、その冗談に付き合っている場合ではない。

俺は彼女の耳元で囁くように言う。

「なにをしてるんだよ、マリ！　ここ男湯だぞ」

「あら、そうでしたの。間違えましたわ！」

「どんなミスだよ、それ。入口の表示、見なかったのか。というか、俺を見た時点で気づけよ！」

「見落としてましたわ。でも、おかげでソリス様に会えたなら幸運ですわね」

やっぱりマリの思考回路はぶっ飛んでいる。

普通はすぐにミスに気付くか、そうでなくてもこの時点で慌てて出ていく場面だが、マリはむしろ愉快《ゆかい》そうににかっと笑った。

俺はその笑顔を呆れて見つめて少し、すぐに視線を逸らした。

湯で見えないとはいえ、その魅力的な白い肌はあまりにも刺激が強すぎる。

すぐにでも上がろう。

俺がそう決めてマリに背を向けたところで、マリが小さく言う。

「……今日は試合に出られなくて、申し訳ありませんでしたわ」

いつになくしおらしいトーンだった。

どうやらマリは、セラフィーノとの戦いに参加しなかったことを気にしていたらしい。

「仕方ないだろ、事情があったんだから。それにフェリシーが代わってくれたおかげで問題なかったしな」

「聞きました。よかったですわ、勝てて。ノラもしたいことができたようですし、安心しました……まぁ、本当はわたくしが力になってあげなきゃいけないのですけど」

「いけない、っていうのはどういう意味だ？」

「……わたくしがいなくなった結果、あの子は正当後継者になった。それは数々の自由を奪われたも同然です。あの立場は、本当にしがらみが多いのです。だから、できることならノラのしたいことは叶えてあげたいんです」

マリがしみじみとそう言った。

今日のダンジョン探索にいつになく気合が入っていたのもそれが理由だったのか。

姉妹ならでは、それも王家ならではの事情だから掘り下げはしないが、マリがノラ王女に自分の重荷を押し付けたように感じているのは読み取れた。

だが、マリだって被害者だ。

処刑されかけていたのだから、彼女に責任があるわけじゃない。

「あんまり思い詰めるなよ。なにもマリだけが抱え込むようなことじゃないし、マリの望みなら協力する。仲間だろ」

「……ソリス様。ふふ、ありがとうございます」

少しでも気持ちが軽くなったらいい。

俺がそんなふうに思っていたら、マリの手が首の後ろから回ってくる。

そのまま彼女はそっと抱きついてきた。

背中にはふよふよと柔らかいものが当たるし、マリの吐息も耳に伝わってくる。

濡れた髪先からかかる水滴もこそばゆい。

「ソリス様、わたくし、やっぱりあなたのことをお慕い――」

話の途中だったが、俺は湯からすぐに飛び出して脱衣所へと逃げ込んだ。

あれ以上、あの場にいるのは限界だった。

そこからもしばらくの間、動悸《どうき》は収まらなかった。


温泉から上がったのち、俺は屋敷内にある庭へと出ていた。

夜風に当たるためだ。

お湯の熱さと刺激の強さ、二重の意味で火照《ほて》っていた身体を覚ますにはちょうどいい。

それに誰が好きだとか考えてしまった分も一旦忘れたかった。

今後会うたびにこのことがちらついたら、まともに会話できなくなるかもしれない。

俺は深呼吸をしながら、できるだけ頭を空っぽにするように意識して歩く。

そんな時、庭の奥側にある林に馴染みのメイドの姿を見かけた。

「……サクラ？」

暗い上に遠目に見えただけだが、あの背格好はたぶんそうだ。

彼女は誰かと話しているようだった。

こんな時間にいったい誰と……？

声の方に近づこうとしたら、後ろからもなにやら話し声がした。

セラフィーノたちが詰めている小屋の中からだ。

どちらも気になるところであったが、セラフィーノたちの方は厳重に外に見張りを置いていて、少し怪しい雰囲気が漂っていた。

まぁ見張りたちは寒い寒いと言うだけで、ろくに周りを見ていないが。

なにかまた余計な事を企んでいる臭いがした。

俺はサクラの方に向かうのを諦めて、できるだけ気配を殺して小屋に近づく。

幻影魔法を使い、すぐ近くに生えていた木の陰に身を潜ませた。

「セラフィーノ様、報告が――ヴィティの街の――首を切り――。一部は新しく、――しております」

耳を澄《す》ますが、話の中身はよく聞こえない。

「よし、その方向で進めろ。はは、いい情報を手にしたものだ。この手柄を伝えれば、ノラ王女からの信頼も取り戻せるかもしれないいな」

まあ、セラフィーノの声と高笑いははっきり聞こえたのだけれど。

「ノラ王女を手に入れて、僕がこのフィアン家を発展させてみせる。タイラーの奴が打ちひしがれる姿が楽しみだ」

予想通りなにかを企んでいるのは明白で、「首を切る」などというワードも聞こえたから、物騒な話の可能性もある。

ノラ王女を執拗《しつよう》に狙う理由は、自分の家を盛り立てるためのようだ。

そのためには手段を選ぶつもりはないらしい。

そして口ぶりからするに、ノラ王女には断らず独断で動いているようだ。

俺はその後もしばらく聞き耳を立てていたが、その後はセラフィーノを励ますような言葉が飛び交うだけで、それ以上の情報は得られなかった。

結局セラフィーノの計画の正体は分からずじまい。

その足でサクラがいたところへ向かったが、そちらももう誰も残っていなかった。

俺も部屋に戻るか。

そう思って踵《きびす》を返したその時——

背筋《せすじ》がぞわりとして、俺はすぐに後ろを振り返る。

誰の姿もなかったが、それでも気のせいだとは思えず、俺はすぐにラディアを使った。

意識を研ぎ澄ますと、思いがけないほど近くに反応があった。

「まさか気づくとは……なかなかやるな」

何者かが木の陰からぬらりと姿を現す。

警備の目を簡単に潜り抜けて、こいつはこの屋敷内へ入ってきたってことか。

背格好からして男だと思われるそいつは、黒いフードつきのローブをまとって、目元以外のすべてを隠していた。

怪しいことこのうえないし、何より俺のラディアがこいつが持つ魔力の違和感を伝えてくる。

「何者だ、魔族か」

俺は厳しい口調で問いただし、腰に差していた刀に手をかける。

男は慌てた様子もなく、両手を挙げた。

「まぁまぁ。別に、なにかをしに来たわけじゃない。警備を呼ぶのも見逃してくれないかな。単に話をしにきただけだ」

「そんな言葉を信じられると思うか？　答えろ、何者だ」

「強情だなぁ。名前はウラノス。それだけ答えておこう」

魔族かどうかへの答えはなかった。

もし魔族が簡単にここまで侵入してきたのだとしたら、かなり非常事態だ。

俺がいっそう警戒を強めると、ウラノスが緊張感なく笑った。

「で、お前は、タイラー・ソリスだろう？　知っているから名乗らなくていいぞ」

「……するつもりもない」

そう言い切りつつ、どこで俺の名前を、という疑問が一瞬過《よぎ》る。

だが、魔族の仲間から情報を得ているのだろうと思い、俺は刀を握る手に力を込めた。

「うむ、それでいい。警戒は大事だ。じゃあ、そのまま聞いてくれ。王女は狙われている。もっと気を配ったほうがいいぞ」

「……狙っているのが、お前なんじゃないのか」

「俺はただ忠告《ちゅうこく》してやっただけの気前のいい通りすがりさ」

男はそう言うと、マントを翻す。

「それを信じるとでも？」

「じゃあ、またどこかで会おう」

俺の言葉には応えず、次の瞬間にはもう塀《へい》の上に移動していた。

魔法を使ったのか、いつ動いたかさえ感知できなかったのだから、恐ろしい。

男はそのまま、闇夜の中へ消えていった。

外の警備兵も、男にまったく気づいていないようだった。

ウラノスというあの男が魔族だったとして、なんのためにわざわざ屋敷内まで来たのだろう。

俺は疑問に思いつつ、部屋へ戻る。

サクラ、セラフィーノ、ウラノスと、気になることが一気に増えた。

だが、どれも一人で思い悩んだところでどうにかなるものじゃない。

部屋に入ると、俺はすぐに眠ったのだった。


翌朝、サクラと出くわした俺は、真っ先に尋ねる。

「昨日の夜、外で誰かと話していたか？」

「いいえ、自室におりましたが」

首を横に振って言う彼女は、嘘をついているようには見えなかった。

いつも通りの真顔だ。

しかも、その時間はフェリシーを寝かしつけていたと言われ、俺は自分の見間違いだったのかもしれないと思い直す。

「そうか、ありがとうな」

サクラとの話を切り上げてその場を去った俺は、もう一つの気がかりについて考える。

あれ以降セラフィーノも部下も何も話していないようで、調べても詳細が掴めないままだった。

もちろん、セラフィーノのことだ。

予定より早く吹雪が収まり、もともと話していた滞在期間の二週間経過を待たずして、俺たちはピュリュタウンから移動することになった。

それから数日して、俺たちは思わぬ形でセラフィーノの計画の内容を知る。

そして半日以上かけて、式典が行われるヴィティへ向かう。

道中のトラブルはなく、街の正門に到着するまではすんなりだったのだが――

「なぜ、衛兵がこうも少ないの？　話ではもっといると聞いていたのだけど」

正門の前まで来た時、ノラ王女は自分たちを出迎えた衛兵を前に疑問を口にした。

俺はその光景を見て、ここで気付く。

もしかしてこれがセラフィーノが小屋で話していた計画なんじゃ……

ヴィティや首を切るという単語が聞こえていたし、何より衛兵にこんなことをできるのは、ノラ王女自身か、ある程度身分が高いものだけだ。

まぁ推測に過ぎないし、できれば当たってほしくないが、と思っていたら、セラフィーノが隊列の後ろから進み出る。

「僕の手柄ですよ、ノラ王女。衛兵の中に反逆者が多く紛《まぎ》れていたという情報を掴みましてね。先回りして僕が解雇しておいたのです」

そしていつも通りの得意げな顔で説明を始めた。

「……セラフィーノ様。その情報、どこでつかんだのですか」

対して、俯《うつむ》きながら髪で目元を隠すノラ王女の声は、低くドスが効いていた。

直接言われているわけではない俺の背筋《せすじ》がぞくりとするくらいだ。

その苛立ちは仕草にも表れている。

彼女は、不溶輝石を加工して作ったネックレスを千切れんばかりの強さで握りしめた。

「特別な筋からですよ、それもこれも僕の人望がもたらしたもので――」

セラフィーノは、特に悪びれずに答える。

「そう……最悪ですね」

「え、どうしてですか」

「衛兵がここまで少ない状態で、他国の人間を招くなど、考えられないでしょう……！」

自分で手柄をあげることに固執《こしつ》するあまり、セラフィーノは肝心な式典に頭が回っていないようだ。

この分じゃ、首を切ったという衛兵が本当に反逆者かどうかも疑わしい。

ノラ王女のお怒りは、ごもっともなものだった。

二章　平和の大地・ヴィティ

王国内において、もっとも北方にある街、ヴィティ。

そこは平地になっていて、人が暮らしやすい環境だった。

積雪量も周囲の山々よりは少ない。

そしてなによりここは闇属性の一族が途絶えて、サンタナ王国が国内の統一を確固たるものにした場所だ。

その影響でここは今も王家の直轄地《ちょっかつち》で、衛兵も十分に配備されていて、式典を行うのにぴったりジ……のはずだったのだけれど。

セラフィーノが、真偽の分からない情報に惑わされた結果、その衛兵の数は半減しており、警備が手薄な状態だった。

「ありえない……本当にありえない。少しも外に出られなくなるなんて」

ノラ王女は滞在しているヴィティの屋敷の一室で、苛立ったように言った。

俺はアリアナたちも含めて、彼女のお茶の時間に招待されているのだが、ノラ王女は怨嗟《えんさ》の声を上げるたびに紅茶を飲んで気を落ち着けようとしている。

だが、うまくいっていないようだ。

以前なら俺の前以外では本性を取り繕《つくろ》っていたはずなのに、今は本音が漏れ出ている。

セラフィーノへの明らかな怒りが、ひしひしと伝わった。

「ねぇ、ノラ王女ってこんな感じだった……？　もっとお淑《しと》やかだった気がするけど」

同席していたアリアナが俺の耳に口を寄せて言うが、俺は苦笑いを返すことしかできない。

セラフィーノがやったことはとんでもない影響をもたらしていた。

表面上は平穏を保っているヴィティだが、お世辞にも警備が行き届いているとはいえない。

隣国からも重要人物が集まる式典が近付いていることを考慮すれば、隙をついて妙な連中がすでに街中に忍び込んでいてもおかしくない状況だ。

セラフィーノは焦って衛兵の再雇用を進めているようだが、その進捗も芳《かんば》しくなく、結果として警備が戻るまで屋敷から出ないという話に落ち着いたのだった。

セラフィーノの自分勝手な行動が、ここまでの事態を招いたとなれば、ノラ王女の苛立ちも妥当だと言えた。

俺たちが呼ばれたのも、王女の万が一に備えての護衛役という側面もあった。

俺自身、ウラノスという謎の男からの忠告が気にかかっていたため、ノラ王女の近くにいた方がいいと思って、招待に応じたところはある。

まぁ、今は護衛というより、空気の重い室内で地獄《じごく》のティータイムを送っているだけだが。

マリがいたら、この空気も少し変わったかもしれないが、彼女は今回も同席を拒《こば》んだ。

ノラ王女と向き合うのは、やはりまずいと思っているようだ。

つまり、この気まずさはどうすることもできない。

俺は耐えかねてノラ王女に要望を切り出した。

「あの、鍛練場《たんれんじょう》をお借りしてもいいですか。少し身体を動かしたいんです」

これなら、この空気を避けつつノラ王女の近くにいることができる。

「わ、私もです！」

アリアナもそれに手を上げて乗ってくれるが、ノラ王女は無言で紅茶を啜《すす》るだけだった。

少し沈黙があった後、カップをソーサーに戻してから目を開く。

「構いませんよ。屋敷の中にさえいてくれれば。たしか鍛錬場なら、立派なものがここにはあったはずです」

完全に断られる流れだと思っただけに、二人でほっと息をついた。

タイミングが重なったことで、思いのほか大きな音となり、ため息が室内に響く。

これじゃあ、ティータイムを嫌がっていたみたいに取られかねない。

俺がノラ王女の顔色をおそるおそる窺うが、特に気にしている様子はなかった。

そうして茶会の場を後にした俺たちは、準備を整えてから鍛練場へ向かう。

中を覗くと、それはノラ王女が言う通りかなり立派だった。

弓、剣、槍のそれぞれを専用で練習できる空間に、魔法を鍛えるトレーニング器具の置かれた場所もある。さらには自由に使えるスペースも用意されていて、それらがいくつかに区切られているのだ。

騎馬用の鍛錬場も、この建物の横の野外に併設《へいせつ》されているらしい。

俺たちは驚きながら、一つ一つのスペースを見て回る。

誰もいないと思っていたら、フリースペースに先客の姿を見つける。

「……『リュミエルサモン』!!」

マリが魔法の練習をしていた。

彼女が口にしていたのは、召喚魔法の詠唱だった。

唱えた瞬間に、杖の先端にある螺旋状《らせんじょう》の魔力安定装置の中心がきらりと白く輝くが、それ以外には何も起こらなかった。

マリは少し肩を落としてから、こちらに気付いて振り向く。

「お二人とも。いらしたのですね。ノラの茶会は終わったのですか？」

「あぁ、一応な。それよりマリ、今のって新しい魔法か？」

「……見てましたか。えっと、そんなところです。ご覧の通り、うまくはいってませんけど」

リュミエルサモンはたしか、高位の精霊を呼び出す召喚魔法だったはず。

その代わりに、多くの魔力を消費し、また最初に成功させるのに時間もかかると聞いたことがある。

だから光属性魔法を使える数少ない人間の中でも、ほんの一握りしか使えないらしい。

もしかすると、セラフィーノの部下にいた精霊使いを見て影響を受けたのかもしれない……俺がそう考え込んでいたら、マリがこちらへ駆け寄ってきた。

俺の両手を取って、その青い瞳で俺の顔を見つめる。

いつもは穏やかで楽しげにしているその目が、今日ばかりはキッと鋭くなっていた。

「わたくし、今より強くなりたいのです……ノラの力になるためにも」

言葉とともに、いっそう俺の手が強く握られる。

そこからは、かなり強い意志が感じられた。

温泉で言っていた件か。

ダンジョン攻略でも結局ノラのためにいい働きができなかったため、焦っているのかもしれない。

「……マリ、あなた」

アリアナの同情の視線を受けながら、マリはさらに続ける。

「だから、教えてください。ソリス様は、どのようにあのお猫様を召喚されたのです？　わたくしも、あのお猫様のようなパートナーが欲しいですわ」

マリの熱量を前に、できれば参考になることを答えてあげたい気持ちになったが、これぱかりは俺にも分からない。

悩んでいる俺に代わって、アリアナが答えてくれた。

「化け猫はねぇ……勝手に出てきたって感じよね、タイラー」

「はは、そうだな。アリアナの怪我を治したいって強く念じたら、現れてくれたかな」

キューちゃんの召喚は、特殊で例外的だ。

俺はリュミエルサモンの内容を分析して、それとなくアドバイスする。

「正攻法で召喚しようと思ったら、まずは魔力が必要かな。とにかく魔力の放出を強く、長く維持できるようになればいい」

「維持するのはあまり意識してませんでしたわね。ソリス様、その練習方法ってご存じです？　よかったら教えてほしいのですけど……」

「いいよ、それくらい。まぁ、参考になるかは分からないけどな」

マリが俺の言葉でぱぁっと晴れやかな顔になる。

彼女が求めるのなら、協力を惜しむつもりはない。

俺がさっそくアドバイスに入ろうとしたら、アリアナも俺の袖を引いた。

「それなら、私も。私もアドバイスしてほしい。最近行き詰まってるのよ」

「アリアナも？　そんなふうには見えなかったけど」

「不調ってわけじゃないわよ。ただね、最近レベルが50から上がらなくなったの」

その言葉に俺は目を丸くした。

「上限に達したのか」

レベルは強力なモンスターを倒した分だけ上がるようになっているが、際限なく上がるわけじゃない。

各人によって上限があり、その限界以上はモンスターをいくら倒してもレベルは上がらないのだ。

これは、実力以上の敵と無理に戦って命を落とす危険を回避させるために、神様が与えた制約だと、冒険者の間では言われている。

ただ、これはあくまでレベルの数値としての話で、もちろん鍛錬した分、練度は上がる。

また極稀《ごくまれ》に『上限突破《じょうげんとっぱ》』という現象も起こる。

その際には一気にレベルが上がるらしい。

「そうみたいね。このままじゃ、タイラーにどんどん置いてかれる。だから私は上限突破に挑戦したいの。壁なんて超えてみせるわ」

アリアナが、両の拳を握り込みながらそう口にした。

マリ同様、こちらもかなり本気だ。

「たしか、上限突破の近道は弱点の克服だって本で読んだことがあるよ」

「……弱点かぁ」

不得手を解消するのは、並大抵の努力ではできない。

事実、ほとんどの冒険者は上限突破せずにそのレベルで留まるか、冒険者を引退する。

かなり難しいことだが、アリアナが始める前から諦めるような人間でないのは、幼馴染である俺が一番知っている。

「……私の場合は力で押し切る強さが足りないかも。出力を上げる練習をしてみるわ」

「うん、それがいいんじゃないかな。精度は抜群だから、あとは威力かもな」

こうして二人は特訓の方向性を固める。

俺は交互に二人の指導に当たることとなった。

最初に、俺はマリを連れてトレーニングスペースに入る。

「わぁ、いろいろあるものですわね」

「あぁ、ここまで揃えてあるのは俺も初めて見るよ」

練習好きの俺からすれば、この状況は興奮ものだけど、今の俺は指導役だ。

ぎりぎりのところで抑えて、様々な器具が置かれている中から、俺は一つのアイテムを手に取った。

「魔力維持の特訓ですわよね？　こんな箱でどうすればいいのです？」

俺がトレーニングスペースで見つけた立方体の箱を見せると、マリがさっそく尋ねてきた。

たしかに一見すると、白塗りされただけの立方体の箱だ。大きさもすべての辺が肩幅程度で、特別変わった点はない。強《し》いて言うなら一面が空いていて容れ物のようになっている。

しかし、これが魔力を持続させる練習にかなり役立つのだ。

「この中に、マリが光属性魔法で作った球体を閉じ込める。箱を壊さないように、一定のサイズで制御し続けるのがいい練習になるんだよ」

「……壊さないように？」

「まぁ、口で説明するより見たほうが早いな」

俺は布が敷いてある場所まで行くと、そこに座り込んだ。

箱をすぐ手前に置いて、その中に手を入れると、光属性魔法の魔力を手に練り込んでいった。

「この箱の外壁に当たらないように、球体を中に閉じ込め続けるんだよ」

「箱の中にですの？　それじゃあ、魔力量を抑えてしまいますし、力がつかないんじゃ」

「逆なんだ、いくら大きな魔力でも純度が低ければ意味がない。純度の高い魔力を狭い範囲に閉じ込めるのが持続に必要なんだ」

「なるほど、純度ですか……」

「うん、放出は誰にでもできるけど、凝縮《ぎょうしゅく》して一点に集中させるのは難しいんだ。この箱だって少しでも油断すると――」

俺はそこまで言ったところで、内側に押し込めていた魔力を緩めて放出した。

魔力の玉が箱の壁に触れた途端、箱が反応して勝手に開かれた。

「魔力をうまく閉じ込め損ねると解体されるのですね」

「うん。そうなったらやり直しだ。これをまずは三十分続けられるようにしたいな。そのあとで、またさっきの召喚魔法を練習するんだ」

「三十分……！　とりあえず、やってみます……！」

マリはやる気に満ちた様子で、すぐさま箱の中に手を入れて球体を作り始めた。

だが、簡単にはいかないらしい。

最初の数分だけもっても、そこから魔力が乱れて光がすぐに漏れてきてしまっていた。

魔力の制御は、単に放出する以上に難しいものなのだ。

「うあ～、難しい……！　よーし、やり直しですの！」

それでもマリは根気強く取り組み続ける。

特訓の内容を伝えたところで、俺は部屋を移動した。

お次はアリアナだ。

彼女のもとへ向かうと、すでに自主練習を開始していた。

弓場で的に向かって、矢を射かけようとしているところだ。

「はあああ!!」

気迫《きはく》もすごい。

大きな声とともに、水属性の魔力が矢の先端に集められていく。

そして煌々《こうこう》と光を纏い出したところで、アリアナが指を離した。

弓から放たれた矢がぶれるような軌道を描きながら飛び、的の端にぎりぎりかする。

「ここまで力を入れると、逆に精度が失われるわね、これ。それに力《りき》んで、力を乗せ切れてないかも」

「悪くはないと思うけどな」

俺はアリアナの後ろから声をかけた。

「タイラー！　うん、自分でもなにか掴めそうな気はするんだけど……ただ、弓との相性が難しいわね」

たしかに精度を求められる弓を扱っていることを考えると、全力を出すのは難度が高い。

変に力が入ると、弓矢としての力が発揮しきれない。

「だとすると、まずはばらばらにやってみるのもいいかもな。弓は一旦置いて、純粋に水属性魔法の練習をしてみるのはどうだ？」

「……あ、たしかに。弓を使うのが当たり前になっていて忘れてたわ。じゃあえっと、ウォーターボールで試すとか？」

「矢に関係なく、水を噴射する技……例えば『ウォータードラゴン』とかな」

アリアナが弓を使って放っている『ピアーシング・ストリームショット』。

ウォータードラゴンは、その弓矢を除いた魔法のみの攻撃の名称だ。

「あ、それ面白いかも！」

俺のアドバイスを素直に聞き入れたアリアナが一呼吸置く。

「水龍よ、天空に君臨して、大地と空を圧せよ。ウォータードラゴン……！」

そして、その場で詠唱した。

単純にウォータードラゴンと言うだけでも、魔力の流し方さえ間違っていなければ技は発動するが、アリアナお得意の仰々《ぎょうぎょう》しい前置きがついていた。

「はぁぁぁ!!」

彼女がキッと宙を睨んで気迫を込めると、水龍はそれに応えるように、うねりながらかなりの勢いで飛び出した。

そのまま水の龍は上へと上り、そして鍛錬場の高い天井にぶち当たった。

さすがに王室の人間が使っていた場所だけあり、天井は堅牢《けんろう》だった。

衝突したことで水龍はその形を保てなくなり、上から豪雨のように水が降り注いだ。

頭から水を被ってしまい、びしょびしょになる。

俺もアリアナも髪がべったり顔に貼りついている。

「ご、ごめん!!　すぐ拭くわね……と、とりあえず、モップ!!　くしゅん」

事態を把握《はあく》するやいなや、アリアナが慌てて掃除に取り掛かろうとする。

当然彼女だって、俺と同じくらいずぶ濡れだし、そのままにしていたら風邪を引きかねない。

というか、すでにくしゃみをしている。

「とりあえず着替えに帰ろうか、アリアナ」

俺が提案すると、アリアナは申し訳なさそうに頷いた。

着替えた後、二人で広すぎる鍛錬場の水拭き掃除をすることになったのだった。


ノラの護衛を担っていることもあり、俺たちは基本的に屋敷の中で生活している。

外へ出ることも可能だが、アリアナとマリの特訓の件もあって、あれから数日は鍛錬場にこもりきりだった。

その甲斐《かい》あって、アリアナもマリも成長が見られていた。

アリアナは少しずつ全力の出し方を習得し始めていたし、マリも十分程度ではあるが、魔力を維持できるようになっている。

まぁ、アリアナはまだ何度か水を暴発させて、鍛錬場を水浸しにしてはいるが、そんなのは些細《ささい》なことだ。

そんな二人の様子を確認したのち、俺は一人で鍛錬場の端で刀を振り始める。

考えていたのは、以前相まみえたガイアのことだ。

死の間際に、彼は敵である俺に「気配を消せばより強くなる」と助言を遺《のこ》していった。

たしかにあの時の戦いを振り返ると、それができればもう少し楽だったと思う。

最終的には、俺がラディアを発動することで、彼の動きを読み切って勝ったわけだが、逆に俺の動きもガイアに読まれていた。

フェリシーがいなければ、彼女から授かった力がなければ、どうなっていたか分からない。

今のままでは、この先の戦いは厳しいものになるだろう。

ただ、気配を消すと一口に言っても、その手掛かりはいまだ掴めず、簡単に習得できそうになかった。

思い悩んでいたところで、俺の視界の端に意外な人が映る。

俺はすぐに刀を鞘《さや》へしまい、乱れていた身なりを整えた。

「……ノラ王女、どうしてここに」

そこには、この場には似つかわしくない煌《きら》びやかな衣装を着た王女が立っていた。

胸元に大きな薔薇《ばら》があしらわれた真っ赤なドレスは、鍛錬場の武骨《ぶこつ》な雰囲気の中では浮いている。

「ここは王家の屋敷内です。わたしがいて悪いことでも？」

「いいえ、そういうわけじゃ……」

いちいち圧が強くて困る。

俺が返答に詰まっていたら、彼女はため息を一つついた。

それから、こちらへさらに近づいてきた。

思わず後退《あとずさ》ると、彼女がにこやかな顔で言う。

「タイラー・ソリス様。今日は一つお願いをしにきました」

「……お願い、ですか」

ノラ王女のお願いの言葉に、俺は思わず身構える。

「はい。そろそろ外に出たいのです。ですから、どうにかはからっていただけないでしょうか」

藪《やぶ》から棒《ぼう》なお願いに、俺は目を丸くした。

「ですが……」

俺が言葉を選んでいると、ノラ王女が言い募《つの》る。

「気を張り続けるのもそろそろ限界です。私とてヴィティへ来たからには、やりたいこともあります。もともとはある場所に行くのが目的だったのですから」

王女の言い分は、実によく分かる。

式典が迫ってきていることもあり、近くを治める領主や近隣国からの来賓《らいひん》の応対も増えて、ノラ王女は日々忙しそうにしていた。

それにもかかわらず、息抜きの時間もなく屋敷内にずっといなければならないのは、ストレスが溜まるのかもしれない。

だが、セラフィーノの不手際で衛兵不足になった今、王女が迂闊《うかつ》に外に出るのはマズいという判断になったはずだ。

「臣下の方々との打ち合わせの結果、外出しないことになったのでは？　先ほどそう伺いましたが」

俺がそう確認すると、王女が困ったように笑った。

「えぇ。こんな状況ですから外出に反対する者がほとんどでして、わたしとて自分の願望のためだけに拒否することもできず、打ち合わせの場では頷くしかなかったのです。皆が言うことももっともですから。だから正攻法で外出の権利を得ることは諦めています」

「え、それって……もしかして強行突破するつもりですか？」

「はい。ソリス様なら、臣下に迷惑をかけずに、わたしを外に出す策をなにかお持ちかと思ったので。それで、こうしてお願いに来たのです。どうかわたしを外へ。半日でも構いませんから」

「でも、もし危険な目に遭ったら」

「あなた様なら、一人でも十分な護衛になるでしょう。そう信じておりますよ。それに、万が一トラブルに巻き込まれたら、その時はわたしに頼まれたと言ってもらえれば」

彼女はそこまで言って俺の手を握った。

たしかに、ノラ王女を連れ出すだけならやれないことはない。

幻影魔法を使えば、誰にも気づかれず行動できる。

だが、それとは別の心配事が俺にはあった。

「でも、もし外出中に来客があったら……？」

むしろこっちの方が重要な問題だ。

影武者を置いて幻影魔法をかけても、見た目以外は誤魔化せない。

中身も含めて完璧に演じきれるとすれば――

「では王女様がいない間の替え玉は、この奴隷が引き受けましょう」

俺が可能性を模索したところで、ちょうど思い浮かべていた人物の声が後ろから聞こえた。

驚いて振り返ると、そこにはマリの姿。

だが王女にバレないように、白い布を頭から被っており、俯き気味だ。

その顔は見えない。

「……マリ、聞いてたのか？」

「ずっと盗み聞きをしていたわけではありません。こちらが少し騒がしくなっていたので、気になって来てみたら、ちょうど今のお話をされていたので。それより、その役目、どうかこのマリめにお申し付けを」

マリが俺の方を一瞬向いて目配《めくば》せした。

俺が考えていた手というのも、このマリを王女の代役にすることだった。

声音《こわね》も似せられるだろうし、王女としての振る舞いだって、昔を思い出せば問題なくできるはずだ。替え玉が成功する可能性はかなり高い。

ちらりとノラ王女の方を見ると、彼女は狙い通りと言わんばかりの笑みを浮かべているように見えた。

「誰でも構いませんよ。わたしが外に出られれば、それで」

もしかすると、ノラ王女は最初からマリを替え玉にするよう、俺を誘導していたんじゃないか？

ここで話したのも、隣のトレーニングスペースにいたマリに聞かせて、彼女がこう言ってくることを狙っていた可能性がある。

彼女ならば、それくらいやりかねない。

「やらせてくださいませ、ソリス様」

王女が狙われている――という、ウラノスの発言は気になるところであったが、マリはたぶんそれを聞いても引き下がらないだろう。

ノラ王女の思惑とマリの意思が一致している以上、俺がここで何を言っても止まりそうにない。

ならば、彼女たちのしたいようにさせよう。

「……分かりました、ノラ王女。マリ、じゃあ王女の替え玉を頼んだ」

俺は首を縦に振るしかなかった。


翌日、マリとノラ王女の入れ替わり計画がさっそく実行に移された。

昼頃、いくつかの会合を終えたノラ王女と、マリを部屋に呼ぶ。

まずやってもらったのは、衣服の交換であった。

仮に、俺に不測の事態があって幻影魔法が解けたとしても誤魔化せるよう、保険をかけるためだ。

その着替えの間、俺は外で待つ。

中から合図があって俺が部屋に戻ると……

「うーん、少しきついです。やっぱり奴隷にはこのような高貴な衣装は似合わないということでしょうか」

「……お胸が大きくていらっしゃるのですね、相変わらず」

最後は本人に聞こえないくらいのボソッとした声だが、ノラ王女の妬《ねた》ましげなトーンが聞こえた。

雰囲気が若干悪くなっている。

マリが胸あたりに手を当てながら俺の方を困り顔で見る一方で、ノラ王女はマリの方を睨みつけている。

そういえば、いつかアリアナとも同じような状況になっていたことがあった。まさしく目の前の光景はそれを彷彿《ほうふつ》させるものだった。

だがマリの方を改めて見ると、彼女も王家の血を引いているのだと実感する。

立派な深紅のドレスに劣らぬ気品があり、まったく着られている印象がない。それどころか完璧な着こなしで、高貴なオーラを漂わせている。

その隣に目を向けると、ノラ王女がぶつぶつ言っていた。

「わたしが詰め物なんて、屈辱すぎる……ありえない、ありえない」

マリとは違うオーラが周囲に漂っている。負そのものともいえるオーラが。

一歩間違えれば姉妹喧嘩に発展してもおかしくない、ギリギリのラインに立っている気がする。

「えぇっと、と、とりあえず幻影魔法をかけますね」

一触即発の空気をうまく躱して、俺はすぐに魔法をかけた。

ここは、反応せずにそっとしておくのが正解だろう。

『ミラージュフェイク』。

頭の中で唱えて、二人のイメージを詳細に浮かべつつ彼女たちに向けて魔法を発動した。

ゆらりと漂った紫の煙が二人を包んでいく。

煙がなくなると同時に、マリはノラ王女の見た目に、逆にノラ王女はマリの見た目にすっかり入れ替わった。

ノラ王女の見た目になったマリが、ドレスの端をつまみながら、俺に挨拶の動きを披露《ひろう》する。

「『サンタナ王国王女・ノラです。よろしくお願いしますね』……って、こんな感じでどうでしょう！　少し練習したんです」

さすがは姉妹だ。

マリによるノラ王女の真似は、かなりレベルが高かった。

優しく穏やかな声音も、軽くお辞儀《じぎ》をするまでの綺麗な仕草も再現されている。

見た目は完全に一緒なので、もはや本人そのものにしか見えない。

「……こんな魔法もあるのですね」

ノラ王女は、マリの見た目になった自身の身体を見回して目を丸くしていた。

特に胸元あたりを注視している。

無理もない反応だ。

俺も、フェリシーがこの魔法を使っているのを初めて見た時は、わけが分からなかった。

「でもたしかにこれなら、見破られる心配は限りなくゼロですね。ソリス様も、マリさんも、ご協力ありがとうございます」

ノラ王女はさっきまでマリに向けていた嫉妬《しっと》まじりの視線をやめて、俺たちにお辞儀した。

どうにか姉妹喧嘩は回避できたようだ。

それから思い出したように、近くに置かれた机の上の小さなケースを手にした。

ノラ王女がマリのもとへ向かい、その目の前で箱を開ける。

中に入っていたのは、あの不溶輝石から作ったネックレスだ。

「忘れておりました。これもマリさんがつけておいてください。タイラー・ソリス様からもらったこのアイテムなら、恋仲を偽装するのにちょうどいいはずです」

目の前にいるのが姉であっても気にすることなく、ノラ王女は堂々とマリの前に立っていた。

一方のマリは、かなり緊張しているようで、肩に力が入っている。

「わ、分かりました……！　お、お、お任せください！」

そして挙動の一つ一つが大仰だ。

勢いよく深々と頭を下げ、両手でそれを受け取ろうとする。

が、ノラ王女はマリの手にネックレスを置かずに、鎖の留め金を外した。

マリの頭を掻き抱くような格好で、首に直接つけてあげている。

「では、お願いしますね、マリさん。来客に関しては、体調不良を訴えて出直すようお願いしても構いませんので」

不溶輝石の上からマリの胸を軽く押さえるようにして、そう呟いた。

「行きますよ、タイラー・ソリス様」

その後、ノラ王女は俺に呼びかけて、くるりと身を翻した。

彼女が颯爽《さっそう》と出ていった扉の先を見つめて、マリはネックレスの鎖をつまみながらきょとんとしていた。

「……ノラったら、ただ手渡してくれればよかったのに」

姉に対するその行動になにか特別な意味が込められていたのか、それともいつも通りの王女としてのいい人アピールか。

気にはなったが、今は悠長《ゆうちょう》に考えている余裕はなさそうだ。

先に部屋を出たノラ王女を追わなければならない。

「それじゃあマリ、よろしく頼むよ」

「はい、お任せください」

「それと、もしなにか危険なことがあったら。すぐに呼べよ」

「はい、以前タイラー様に渡された、防御魔法のかけられたお守り。これを握りしめればいいんですわね」

俺は頷く。

マリの実力ならば、たとえ魔族が襲撃してきたとしても簡単にやられることはない。

神速を使えば、万が一彼女が窮地《きゅうち》に陥《おちい》っても間に合うはずだ。

「……ソリス様。このたびは、わたくしのわがままを受け入れていただき、ありがとうございます。それと、ノラをよろしくお願いいたします」

「あぁ、そっちも気をつけてな」

マリにそう言い残して、俺は部屋を後にした。


屋敷からの脱出は、すんなり成功した。

幻影魔法が見抜かれることはなく、俺たちは正門から堂々と外に出る。

警備の目が届かないところまで行って、俺がほっと息をつくと、アリアナも同じように安堵していた。

「ここまで来れば、ひとまずは安心ね」

――王女が出かけるのだから、護衛は多い方がいい。

俺が外に出る直前にアリアナたちに事情を説明すると、彼女はそう言ってついてきてくれた。

正直、大助かりだ。

もし俺とノラ王女の二人きりでの外出だったなら、たぶん今頃俺とノラ王女の間には一人分の空間が空いていただろう。

まったく話題を見つけられずに、気まずい空気を作り出していたに違いない。

「それで、どこに行きたいんだっけ？　まだ聞いてなかったわよね」

アリアナが、かなり気さくに話しかける。

「……って、すみません！　マリみたいだから思わず」

すぐに口を塞いでこう訂正《ていせい》するのだけれど、ノラ王女は柔らかく微笑んだ。

住宅などの密集する地域の奥にある丘を指さす。

「この見た目では仕方ありませんよ。それと、目的地はあの頂上にある鐘です。できれば日が暮れる前に着きたいですね」

その後、彼女は特になにか発言することはなかった。

俺たちは、少しペースを上げてかつかつと早足で歩く彼女の後ろを歩いていたのだけれど、途中でぐぅ～っと前方から音が聞こえてきた。

マリの見た目でお腹が鳴る音を聞くのはいつものことだが、今はその中身はノラ王女。

意外だと思った。

姉妹揃って実は大食いなのか？

彼女がピタッとと立ち止まり、咳払《せきばら》いをした。

「そういえば、お昼をろくにとらないまま仕事をしておりました。なにか軽く食べてもいいですか？」

ノラ王女は振り返らないまま提案する。

待ってましたとばかりに、アリアナが食いついた。

「あ、いいですね、それ！　私、ヴィティ名物のサーモンパスタを食べたかったんです！」

「おいおい……それが目的でついてきたのかよ、アリアナ」

「ちょっとはそういう気持ちもあったかも。まぁ、一番の理由は、タイラーがノラ王女と二人きりなんて、なにをされるか分からないからなんだけど……」

最後の方は、アリアナの声は段々と消え入っていた。

俯いて足を止めかけていたが、すぐに顔を上げる。

「もう、なんでもいいでしょ！　行くよ！　私たちも食べる時間がなくて、お腹すいてるしね」

それだけ言って、ノラ王女の隣まで駆けていった。

「なんだよ、まったく」

俺は呆れながらも、二人についていく。

今さら少しの寄り道くらいどうということはないか。

そして俺たちはお店の並ぶ中心通りまでやってきた。

「結構、ここは店があるんだな。驚いた」

俺は街を見回して、そう口にした。

「うん、私も。びっくりしたかも。サーモンパスタも色んなところにあるわね」

「もともとは衛兵たちがたくさんいましたから。彼らの息抜きのために飲食店の類《たぐい》は多いのですよ」

盛り上がる俺たちにノラ王女が説明してくれた。

だが、その衛兵たちは今はほとんど追放されているため、閑散《かんさん》としていた。

それでも、さすがは直轄地だ。

道は舗装《ほそう》されているし、道に積もった雪は丁寧に脇へと避けられていて、滑る心配もない。

そして立ち並ぶ建物は、等間隔で整然としていた。

建物の外装は水色が多く、明るく爽やかな印象がある。

治安はよさそうとはいえ、油断は禁物だ。

俺が怪しい影はないかと周囲に気を配っているうち、アリアナは店を決めていた。

「ここだ～！　前に噂《うわさ》で聞いたことあるお店！　いつか来たかったの」

……もはやただの観光客の発言だが、ノラ王女も反対することなく、中へと入る。

アリアナは宣言通りサーモンパスタ、俺は貝たっぷりのグラタン、そしてノラ王女はローストビーフのプレートをそれぞれ注文した。

アリアナが興奮気味に店の話をするのをノラ王女と二人で聞いていると、それほど待たずに料理が運ばれてきた。

「これ、うまいな……！」

遠くの街まで噂になるだけのことはある。

文句のつけようがない味だ。俺が注文したグラタンは本当に貝がたっぷり使われていて、クリームにも旨味が溶け出している。

「うんうん、これも大当たりよ！」

アリアナもパスタをお気に召したようだ。

「サーモンってこんなに甘いのね。濃厚《のうこう》な脂が平打ち麺《めん》に絡んで最高かも。あ、ねぇ、タイラーも食べる？　分かってほしいかも、この美味《おい》しさ！」

「じゃあもらうよ。ありがとう。俺のも食べてくれていいからな」

俺とアリアナは、皿を交換して一口ずつ食べる。

たしかに、アリアナが絶賛するのも分かる美味しさだ。これまで食べてきたサーモンパスタとはもはや別の食べ物だ。

その美味しさに驚いていたら、じっと視線を感じた。

ノラ王女がスプーンを止めて、こちらを見ていたのだ。

「えっと、いります？　俺のグラタンでよければ」

「あ、じゃあ私の頼んだパスタも。結構美味しいんですよ」

俺とアリアナが口々に言うと、ノラ王女が微笑んだ。

「……いえ、ただそういう食べ方もあるのかと驚いただけですよ」

にこやかな笑みとともに俺たちに言うが、その視線は料理にちらちらと投げかけられている。

もしかしたら気になってはいるが、王女としての体面があるから、控えているのかもしれない。

どこまでも人目を気にする人だ。

だが、今の彼女はマリの見た目だ。

少しくらい王女であることを忘れてもいい。

俺とアリアナは二人で頷き合って、テーブルの上にあった小皿に自分たちが頼んだグラタンとパスタをそれぞれ盛った。

「これは……」

「いらなければ、あとで俺が食べるんで。もし気になるのであれば、ぜひ。美味しいですよ」

ノラ王女は戸惑ったように目を見開いていた。

「もう、すごいんです！　こんなパスタ、きっと貴族でもなかなか食べられませんよ」

アリアナの強すぎるプッシュによって、ノラ王女はやがてためらいがちにその小皿を引き取る。

やっぱり気になってはいたらしい。

「……ご厚意に甘えさせていただきます。では、わたしのローストビーフもどうぞ」

代わりにローストビーフをいただくこととなる。

結果的に、三人でのシェアが成立していた。

「……たしかに、グラタンもパスタも美味ですね」

徹底的に、王女らしく振る舞おうとする彼女だ。

これだけで完全にさっきまでの距離がなくなったわけではないが、ノラ王女の気晴らしになったならよかった。

それもこれも協力してくれたアリアナのおかげだ。

俺は彼女に礼を言おうと思うのだけれど――

「雪国産の牛、美味しい！」

これはもしかすると、自分がローストビーフを味見したかっただけかもしれない。

食事の後、俺たちは丘の上にある鐘を目指して再び出発した。

『ホライゾナルクラウド』を使えばあっという間に行ける距離だが、王女様を乗せて進むのは不安がある。

そのため、時間はかかるが安全なコースで向かうことにした。

街から少し離れると、途中に急勾配《きゅうこうばい》の坂が待ち受けていた。

「わ、結構滑るわね……!?」

アリアナがスリップしかけて、俺の肩を掴む。

たしかに危険だ。

晴れていて気候もそれほど寒くないというのに、道は凍り付いている。

街中とは違い、整備されているとは言いがたい状態だった。

「ここは人があまり通らないんですね」

俺が隣を慎重に歩くノラ王女に聞くと、彼女が足元を見つめつつ答える。

「どうやらそのようですね。あの鐘が平和の証《あかし》だということを忘れている人が多いから、こちらに来る人もいないんでしょう」

「平和の……ですか」

「はい、あの鐘は闇属性の一族を滅ぼして国内を統一した証として作られたと聞いています」

「そんな大事な物を放置しっぱなしってことですか？」

「最近では多くの衛兵を置いておく意味もないくらい、平和はそこに当たり前にありますから。ありがたみが薄れているのかもしれませんね」

考えさせられる一言であった。

たしかに、今の王国は平和そのもの。

俺だって生まれてこの方、大きな紛争などは見たことがない。

「もしかしてあの鐘のもとに行きたい理由って――」

尋ねようとしたところで、ノラ王女がバランスを崩した。

短い悲鳴が上がってすぐ、俺は倒れそうになる彼女を抱えた。

どうにか腕の中に彼女を受け止めて、はっと息をつく。

「……ありがとうございます」

そう言う彼女の額には、冷や汗が浮かんでいる。

「いえ、護衛ですからね。ここからは、俺がおぶっていきますよ」

「……そのようなはしたないことは」

「大丈夫ですよ。俺たち以外、誰も見てませんから」

俺がこう言えば、アリアナが首を一つ縦に振る。

「たしかに怪我されても困るものね」

「……では」

ノラ王女が俺たち二人の提案に折れてくれたので、俺は彼女を背負い、再度丘の上を目指す。

途中、他にも危険な場所はあったが、どうにかたどり着くことができた。

そこにあったのは、大きな鐘とそれを叩くための槌《つち》だけだ。

他にはなにもなく、ただ雪が積み重なっている。

「うわ、街が一望できるわよ。綺麗ね」

景色は抜群によかった。

晴れているし空気も乾いているから、遠くまで見渡せる。

北の端には海があり、そこには港が見えた。少し内側には家々が連なり、さっき通ってきた店の並ぶエリアへ繋がる。現在滞在している屋敷は、そんな街とは少し離れていた。改めて立派な建物だ。

こうして街全体を俯瞰《ふかん》できることも珍しく、俺とアリアナは景色に目を奪われる。

後ろで鐘が小さな音で鳴った。ノラ王女が槌で軽く突いたらしい。

「タイラー・ソリス様、ここに来た理由ですがあなたの考えている通りですよ」

「……えっと？」

「さっき、言おうとしていたでしょう。その続きです。わたしはこの目で確認したかったのですよ、平和の証を。そうすれば、たとえばそれが誰かの犠牲《ぎせい》の上に成り立つ偽りの平和だったとしても、他の大勢のために力を尽くせる。それが天命だと思える、そんな気がしたのです」

「犠牲って、闇属性の一族のことですか」

「はい。彼らは、魔族と魔力の質が近いというだけで危険視されて滅ぼされました。彼らを共通の敵に仕立てることで、他の種族が団結した。ですが、これを平和と呼んでいいのか。他に手段はなかったのか。次期女王として、統一の象徴となる王族として、疑問を抱いていたのです」

思った以上に、ノラ王女の悩みは大きいものだった。

てっきり自分の振る舞いだけを今までも意識しているのだと思っていたから、この言葉には驚きだ。

難しい話であった。

みんなが幸せに、と綺麗事を言うのは簡単だが、彼女の立場ではそうもいかない。

この状況は、向き合っていかなくてはならない課題なのだろう。

俺とアリアナは、なにも言えなくなっていた。

そこでノラ王女が鐘からゆっくり離れて、街の景色を見下ろす。

「タイラー・ソリス様。あなた、わたしの夫になってくださいません？」

あまりにも自然に、予想外の発言が飛び出した。

冷たい風が強く吹き込む中、俺は目を見開く。

少し遅れて、俺はノラ王女の言葉の意味を理解したが、同時にアリアナが絶叫する。

「な、な、なぁぁぁ!?　だ、だめ、あげない！　あげません！」

俺の腕を強引に引っ張って、ノラ王女の横から引き離そうとするアリアナ。

そんな中、俺はノラ王女の言葉の真意を探った。

この申し出は、一見脈絡がないように思えて、それまでの会話となにか繋がっているはずだ。

「形だけの、って意味ですか」

俺がおそるおそる答えると、ノラ王女が微笑む。

「さすがタイラー・ソリス様は理解が早くて助かります。そうです、偽装夫婦になってほしいのです。あなたなら、肝心な時には助けてくれますし、セラフィーノのように権力を求めて暴走することもない。父であるサンタナ国王も、あなたには命を救われていますから、この提案に反対することはないはずです」

俺の予想は的中した。

平和の鐘を前に、作り物でも守れるものがあるなら、それに縋《すが》ろうという発想にいたったのだろう。

それはたぶん、ただ単純に利用価値があるからというだけの話だ。

「そ、そんなのダメよ。だいたい。跡取りとかそういう話が出たらどうするのよ……！」

アリアナが勢いよく首を横に振って否定するが、ノラ王女はくすりと笑う。

「それは必要であれば、私は拒みませんよ。タイラー・ソリス様、いかがです？　もちろん、わたしとの形だけの交際を除けば、あなたの恋愛も行動も縛《しば》りませんから」

矢継ぎ早に話が進み、返事を求められた。

俺はそこで目をつぶって、考えを巡らせる。

断ること自体は、俺の頭の中で決まっていた。

ただ、どう言えば納得してもらえるかが分からない。

そんな偽の関係に意味はないと断じても、説《と》き伏《ふ》せられないだろう。

答えに悩んでいる間、しばらく沈黙が続く。

それからどれくらい経っただろうか。

突然、身体の底で魔力が震える感覚を覚えた。

これは、サクラにいつか渡している防御魔法を込めたお守りだ。

どうやらそれが俺の魔力に共鳴しているらしい。

これが震えるのは悪い知らせがある証拠だし、マリではなくサクラのものであるのも気にかかる。

「タイラー・ソリス様？」

王女が困ったように首を傾げた。

「……城でなにかあったのかもしれない。すぐに戻らせてください」

◇◆◇◆◇

タイラーたちが街へ出かけている頃、マリは屋敷内で、ノラとして時間を過ごしていた。

妹であるノラのため、少しでもできることはないかと考えたうえでの入れ替わりだった。

とはいえ、意気込んだものの、来客などがなければ特にすることもない。

わざわざ見つかるような真似もしたくなかったから、彼女は部屋にこもっていた。広い部屋の隅で、ただただ机に向かっている。

第一王女としての生活を思い出すひと時であった。

王家の一員であれば、勝手なことは許されない。

たとえば、魔法の習得一つとってもそうだ。

王家の女性は戦いとは無縁であるべきで、魔法を使用する必要がない。

それこそ国が平穏であることの証という伝統のもと、練習すら許されていなかったのだ。

他にも、制約は色々とある。

婚約者を勝手に決められたり、訪問先でのコメントや振る舞いは決まったものを求められたり、とにかく自由が少なかった。

そして今はその役目を、ノラが担っている。

本意ではなく王女の座を追われた身のマリとはいえ、結果的にはタイラーやアリアナに拾われて、好きにやらせてもらっているのだから、妹に対しての申し訳なさは感じていた。

「もっとなにかしてあげられればいいんだけど」

マリは部屋で思わず呟く。

そんな時のことであった。部屋の戸が唐突にノックされた。

「なにかしら」

きっと使用人か誰かだろう。

「お客様がお見えになりました」

マリは、咳払いしてからノラの声を真似て返事をする。

「……来客は聞いていないのですけれど？」

「それが突然、隣国・エルボの使者がいらっしゃったようで。申し訳ありません、応対いただけますか」

「悪いけれど、少し調子が悪いの。日を改めてもらってくれる？」

ノラからの言いつけを守って、マリはそう答える。

さすがにこう言えば、メイドも引き下がるだろう……そんなふうに考えていたものの、その予想は崩れ去った。

「へぇ、そういう感じ。だったらここからは、強行策よ」

轟音とともに扉が破られたのだ。

しかも、大量の水が部屋へと流れ込んでくる。

間違いなくメイドではない。敵襲だ。

そう悟ったマリはすぐにテーブル横に立てかけていた魔法杖を手にして、腰を沈めると、臨戦態勢に入る。

「普通に元気じゃない、ノラ王女。一国の王女が嘘はよくないと思うけど〜？」

扉から現れたのは、カールのかかった長い灰色の髪をした女性だ。

ただ者でないのは、明らかであった。なにせ、その足元には常に水が渦を巻いていて、彼女を少し地上から浮かせているのだ。

「……あなた、何者？」

「まぁ海を司《つかさど》る魔族、ってところかな。テティスって名前もある。私怨《しえん》はないけど、これも私たちの目的のため。あのタイラーって奴が帰る前に手っ取り早く終わらせて退散するから、許して……ね‼」

気性が荒いのか、敵はすぐに攻撃してきた。

彼女がマントをひらりと揺らせば、そこから水の渦が勢いよく出てきた。

それは高速回転しながら、かなりの速さでこちらへと迫ってくる。

「エレメンタルプラズム・改！」

マリはそれをすんでのところで、召喚した精霊たちに受け止めさせる。

が、しかし、そんなもので収まるような勢いではなかった。

精霊たちはあっさりと呑み込まれて、召喚が解ける。横へと避けることすらできない。

テティスが出した氷柱がかすり、太ももが痛んですぐに手で押さえる。

見てみれば、血が流れだしていた。

水の渦に巻き込まれた箇所は、ぼろぼろに壊れて穴が開いている。

まともに食らっていたら、今頃どうなっていたか分からない。

「へぇ、これが王女様の血、ね。いただき」

テティスは、その氷柱を自分の手元まで回収すると、その先についた血を、舌先で舐《な》める。

明らかに不利な状況であった。

再び精霊たちを召喚したとして、この状況を覆せるほどの力はない。

かといって、まだ特訓途中の精霊召喚は――だいぶ魔力を持続させられるようになったとはいえ

――まだ成功したことがない。

しかし、他に打つ手がなくなり、マリは試しに詠唱する。

「リュミエルサモン……！」

だが、やはり誰も応じてくれなかった。

一瞬、渡されていたお守りを通してタイラーたちに助けを求めようとも思ったのだが、ノラが狙われているのなら、彼女をこの場に近付けるわけにはいかない。

「はぁあ、つまんない。できない魔法にすがるなんて、王家も落ちたなー。じゃ、ばいばーい」

テティスが今度はマントを高く掲げて、それを振り下ろした。

その動きにより、いくつもの水の柱がマリめがけて向かう。

マリは一瞬、覚悟をして目をつぶる――のだが、その攻撃が直前で止まった。

「な、いない……!?　どこ行った!?」

テティスは、周りを見回してから部屋の中を歩き回り始めた。

どうやら、こちらが見えていないらしい。

「そういう姑息《こそく》な方法、嫌いなんだけど～」

苛立ちから声を荒らげて、ぎりぎりと歯ぎしりをするテティス。

マリは、すぐに隣にいるのであろう少女に声をかける。

（……フェリシーちゃん！）

マリの危機を救ったのは、テティスとの戦いの音を聞いてやってきたフェリシーだった。

姿を消す魔法をかけて、すんでのところを救ってくれたのだ。

フェリシーの作戦はそれだけでは終わらず、マリの身代わりを何人も作り出して相手をかく乱し始める。

テティスが一帯を殲滅《せんめつ》しようと、さらに大きな水の波動を放ってくるが、そこで小さな手が右手を引いた。

そこではじめてマリにもフェリシーの姿が見えるようになる。

「……マリ、危険」

フェリシーが小さな声で言う。

助《すけ》っ人《と》の登場に、マリは思わず胸を熱くする。

だが、感傷に浸っている余裕はない。

テティスが開けた穴から、マリたちは隣の部屋へと逃げ込むと、そのすぐ後で笑い声が響いた。

「バイオレット……あなた、そういえば、そっちの仲間になったのよね。所詮、こんなの幻覚でしょ。それが分かれば大したことはないけど……って、あら、王女様の見た目も変わった？　ま、なんでもいっか」

テティスはフェリシーを、バイオレットという魔族の仲間だった時につけられた名前で呼び、嘲笑《ちょうしょう》した。

そのまますぐに幻影魔法を看破《かんぱ》して、にたにたと笑う。

それから邪魔が入ったことに歯ぎしりした。

狂気を感じて、マリはぞくりと背筋を震わせるが、フェリシーに怖気《おじけ》づいた様子はなかった。

マリの前に立ち、両手を広げる。

「へぇ、そんなことまでするんだ。よっぽど懐いたみたいね」

「……マリは、倒させない」

「悪いけど、却下。今テティス、超苛ついてるから……ね!!」

彼女はマントを両手で高く持ち上げようとする。

何度か発動の瞬間を見ていたので、マリはそこで反応できた。

精霊をマントのすぐそばに再召喚させて、そのふちを引っ張り下げさせた。

これなら水流をキャンセルできると思ったが、その策ごと振り払って、技が発動された。

マントの先から大波が起きて、こちらを一気に水が呑み込もうとする。

マリはとっさにフェリシーを抱え上げるが、その水量からは避けようがない。

壁に背中を強打したと思ったら、足がつかないくらいの深さまで水が溜まっていく。

呼吸するために上へ向かうが、その水は部屋全体を天井まで満たさんばかりに増えた。

ついに全体が水に沈む。

どこかへ逃げようにも、思うように進めず、余裕がなくなっていた。

杖とフェリシーを放さないように抱え込むのが精いっぱいだ。

「あはは、痛快。水の中で息もできないなんて、それでも王家の女？ って、それが人間かぁ。テティスは水の中でも喋れるのに」

テティスの高笑いがマリの耳にぼんやりと届く。

絶望的な状況だった。

どうにかしなければフェリシーもろとも、このまま死んでしまう。

ここにきてマリは自分の無力さを痛感する。

――やっぱり自分はなにもできない、王女の地位から離れて自由になったって、結局タイラーがいなければどうしようもない。

そう諦めかけていたのだけれど。

腕の中にいるフェリシーが小さく呻くのに、マリははっとした。

こんなところで終わったらだめだ。それに、ここで負けたら留守番一つろくにできなかったことになる。

生きて、勝たなければならない。

そう決意した時、身体の奥底から力がみなぎってくる感覚があった。

これなら、と思ってマリは再び詠唱する。

「リュミエルサモン!!」

水の中だったから、声は上手く出なかったが、それでもマリは詠唱に手応えを感じた。

魔力がどんどんと身体の外へと流れて、杖の先端へと集まった。

特訓の甲斐もあって、魔力の放出にもどうにか持ちこたえられる。

「な、なに、なにをしているの⁉　その光は！」

これにはテティスも警戒して少し距離を取った。

魔力がどんどんと抜けていく。

これでなにも起きなかったらいよいよ絶体絶命。

そう思ったタイミングで、杖の先からいつもの精霊たちが現れた。

マリは一瞬落胆しかけるが、その後の様子が普段とは少し異なった。

彼らがさらに眩しい光を放ち、そして別の巨体が姿を見せた。

「我は、ピュート。この状況を打破すればよいのですね、お嬢様」

その正体は、マリを一呑みできそうな大きさの白蛇であった。

その蛇が水の中をすいすいと進んで上へ這い出ると、大口を開けて舌を天井へぶつけた。

衝撃で瞬《また》く間に天井が崩れる。

マリがそれに驚いていると、ピュートと名乗ったその精霊は、尻尾の先から身体をくるくると丸めて、マリとフェリシーの身体をくるむ。

そして水の中から屋敷の屋根の上へと引き上げてくれた。マリを屋根の上へ降ろし、フェリシーのことはそのまま尻尾で抱えてくれている。

どうやら意識を失っているだけのようで、重傷ではないようだ。

マリがホッとしていると、テティスがその後を追いかけてくる。

「へぇ、そんな手を隠し持ってたんだ。なんだ、強いじゃん、王女様」

テティスは水の中を瞬時に移動して、屋根の上へ上がる。

彼女は真下の屋敷に目を向けて、歯ぎしりした。

「って派手にやりすぎたなぁ。また口うるさいやつに文句言われちゃうかも。まぁ、最低限の仕事はできたし、血もいただいたことだし、そろそろ帰ろうかな」

テティスがそう言って、ノラから預かっていたネックレスを自分の顔の前で揺らす。

「それって……！」

マリがはっとして首元を見る。

どうやら、さきほどの大波を食らった際に落としてしまったらしい。

マリは取り返さなければと、再び杖を構えて臨戦態勢に入る。

だが、テティスに戦いを続ける気はなかったらしい。

「王女様。テティスはこれで退散するよ、じゃっ」

彼女は身体に水を纏って、あっという間に姿を消した。

油断しているところを突然出てくるのではないかと警戒したが、どこにも気配は感じられない。

逃げられてしまった。

マリの身体からごっそりと力が抜けた。

召喚に多くの魔力を要したことも原因の一つだろう。

彼女は気を張ることで、どうにか立っている状態だったため、そのまま倒れ込みそうになる。

そこをピュートが尻尾の先で受け止めて、自分の背に乗せた。

思いのほか硬い感触は、ほどよく沈み込むベッドのようで、マリはいよいよ身体を起こせなくなってしまった。

「……えっと、ピュートさんでしたっけ」

仰向《あおむ》けになったまま白い大蛇に向けて、マリが尋ねる。

「ええ、我はピュート。蛇の精霊です。あなたの求めに応じて、召喚されました。得意な攻撃は蛇らしいものが多く、締め付けや毒霧《どくぎり》の噴射《ふんしゃ》ですね。幸運の精霊と呼ぶ者もおりましたよ」

なるほど。ネックレスを奪われたとはいえ、ピュートのおかげであの絶望的な状況から助かったと考えれば、たしかに幸運だ。

それに最初はどうして蛇なんだと思ったけれど、締め付けが得意というのは自分の趣味に合っている、とマリは笑う。

彼女は土壇場《どたんば》を救ってくれた蛇の鱗《うろこ》を撫でながら、晴れた空を見上げた。

そのうち自然と、彼女の意識は遠のいていった。

◇◆◇◆◇

屋敷へと戻った俺――タイラーたちが目の当たりにしたのは、一部が崩壊《ほうかい》して悲惨な状態になっていた屋敷だった。
もともとノラ王女の居室だった最上階の一室は、屋根や壁が崩れて外が見えてしまっているのが分かった。隣の部屋との境界になる壁は跡形もない。

俺たちが屋敷の門の近くで唖然として見ていたら、入口すぐのところで待ち受けていたサクラが駆け寄ってきた。

先ほどのお守りの反応について聞くと、サクラは何も言わずにマリのもとへ案内してくれた。

部屋のベッドでは、マリがフェリシーともども眠っている。

エチカがすぐ横の椅子で二人を見守っていた。

「……大きな怪我《けが》はなさそうだな」

俺はマリとフェリシーの様子を見て、ほっと胸を撫で下ろす。

「魔力を使い切ってるだけですね。心配ないですよ～、これくらい」

一応、キューちゃんを召喚して診《み》てもらったが、彼女も朗《ほが》らかにそう言ってくれた。

「……私は近づけず、お力になれなかったのですが。マリ様は敵を追い返したようですね。どうやら来たのは、魔族とおっしゃっていました。それと、高位の精霊の召喚に成功したと」

サクラがそう説明した。

「……マリったら、やるわね。さっそく修業の成果を出すだなんて」

アリアナはマリに近づいて腰を屈めると、彼女の額へと手を当てた。

その感想に俺はただただ頷く。

たしかに、急に現れた魔族を新しい召喚魔法で撃退するなんて、そうそうできることではない。

そしてなにより、そんな窮地にあってもマリは俺を呼ばなかった。

腕輪を使って知らせることだってできたはずだが、最後まで戦い抜いた。

その理由の一つはたぶん、ベッドを囲む俺たちから離れたところでただ目をつぶっている少女が関わっているだろう。

「マリはたぶん、ノラ王女をこの現場に近づけたくなかったんでしょうね。巻き込みたくなかったから」

俺は彼女を振り返って言う。

「そのようですね。マリさんには感謝します」

微笑みと穏やかな声音で返されたが、そこからは温度が感じられない。

いつもの取り繕った、嘘で塗り固めた返答だ。

風呂場でマリが語っていたことを思い出して、俺は思わず拳を握りしめる。

「……なんですか、それ。マリは、本気であなたのためになりたいと思っていたんです。自分で辞めたわけでもないのに、あなたに次期王の座が渡ったことを、あなたが重荷を背負わされたことを、心底申し訳なく思っていた。だから、あなたの願いはなんでも叶えてやりたい、とそう言っていた。そんなマリに対して、それですか」

かっと熱くなるものが腹の底から込み上げて、俺は思わずはっきり言い切ってしまった。

これじゃあ、他の皆から見たらノラ王女にマリの正体をバラしたも同然だ。

だが、後悔しつつも、口先から言葉が次々に滑り落ちてくるのを止められない。

「ただの贖罪《しょくざい》じゃありませんよ。もしそうなら命を賭《と》したりまではしない。あなたのことを本当に気にかけていたから、本当に大切だから、ここまでするんです」

言い切ってから、ようやく我に返り、俺はおそるおそるノラ王女の顔を見た。

王女は琥珀色の瞳をはっと見開いている。

「……お姉様がそんなことを」

こちらも、嘘を通し続けるのはもうできなかったらしい。放心したように、その口からぼそりと小声が漏れた。

マリの思いを知って、少しは響くものがあったのかもしれない。

俺はなおも、ノラ王女に鋭い視線を向けた。

このままノラ王女の本音《ほんね》を引き出すつもりだったけれど、それは叶わなかった。

扉がノックされて、その向こうからメイドの気まずそうな声が聞こえる。

「ノラ王女、お、お取込み中申しわけありません。屋敷の修繕についてお話がありまして」

「……もう、戻ります。あとのことはお願いしますね」

彼女はくぐもった震え声でそう言い残して部屋を出ていった。

扉が強く閉められた時の風にあおられ、前髪が浮く。

俺はため息交じりで頭に手を当てた。

我ながらとんでもないことをしてしまった。

散々秘密にしようと気をつけていたことを自ら暴露《ばくろ》した挙句、なにより王女を追及して半泣きにさせるなんて、普通あってはならない。

今の行動は明らかに冷静さを欠いていた。

「ノラ王女のあの反応、マリのこと知ってたのね。で、タイラーもそれを黙ってた、と」

アリアナの言葉に、俺は頭を下げた。

「悪い。隠すように言いつけられてたんだ、ノラ王女に。色々な任務を受ける代わりに、マリのことを秘密にしてもらっていた官吏になったのも、それが理由だ」

「……そんな前からだったの。でも、王女にはいつ気づかれたのよ」

「テンバス家が謀叛を起こした時に、一目見て気づいたらしい」

「あんな状況で？　なんだ、じゃあノラ王女も、実はマリのこと思ってるんじゃない？」

アリアナに言われて、俺もたしかに、と頷く。

自分が捕まっているような状況で、大きく変わった姉に気付くのはかなり難しい。

それに、マリにネックレスを託した時のノラ王女の様子も、いつもとは少し違っていた。

もしかするとあれは、マリを姉として意識していたがゆえの行動かもしれない。

異母姉妹ということもあるし、王家という家柄のこともあるから、色々と素直になるのは難しいだろう。

「やっぱり俺、やりすぎたかな……？　これ、処罰されたりしないかな」

「ないんじゃない？　そこまで深刻にならなくてもいいわよ。あれくらい言わなきゃ分からないと思うし」

「謝りに行った方が……」

「だとしても今行くべきじゃないわよ。今はそっとしておきましょ」

アリアナになだめられて、俺は少し落ち着きを取り戻す。

「そうだよ、お兄ちゃん。ほらここ座って」

エチカにまで促されて、俺は椅子に座った。

それからしばらく全員で黙ってマリを眺めた後、静かに寝かせておいてやろうと結論を出した。

ぞろぞろと部屋から出たところで、俺はサクラに服の裾を引っ張られた。アリアナも同様に引っ張られて、盛大に後ろへのけぞった。

「……立て続けで申し訳ないですが、少しお話したいことが」

先を歩いていくエチカは呼び止めなかったから、彼女に聞かせたくない話なのかもしれない。

こちらを振り向くエチカに先に行くように指示を出してから、俺はサクラの方を振り向いた。

サクラの表情からは、いつになく真剣な雰囲気が伝わってくる。

たぶん他の人が見ても、なにを考えているか分かりもしないだろうが、俺たちはそれなりに付き合いが長いので、多少は顔色から察せられた。

「なにか、重たい話だよな、たぶん」

「そうね、私も分かる。いつもより若干圧強めだし」

「……はい」

俺とアリアナが言うと、サクラは小さな頭をこくりと縦に振る。

それから、深々と頭を下げた。

「申し訳ありません、このたびマリ様が危険な目に遭ったのは、私のせいでございます」

「え？」

すぐには意味を理解できず、俺は聞き返す。

マリが危機に瀕した時に近くにいられなかったことを反省している、というのが、理由として一番に思いついたが、それだけでわざわざエチカに聞かせないようにするだろうか。

「……どういうことだ？」

俺がこう尋ねると、サクラは頭を上げないまま続けた。

「私が同族の企みをお知らせしていなかったから、このようなことになったのです。申し訳ありません」

「……同族って、もしかして魔族なの!?」

アリアナが声を裏返らせながら反応するが、それにはサクラは首を横に振った。

「いいえ」

とすれば、可能性としては――

「闇属性の種族、ってことだな」

「……その通りでございます。私は、闇属性の魔力を宿す種族。とくに私の出身であるピュリュは、一族の本拠地でした。ダンジョンに詳しかったのも、それが理由です。ヴィティやピュリュの近辺は、闇属性の一族が最後の抵抗を行った土地。いまだ生き残りが、闇属性の血を持つことを隠しながら過ごしているのです」

「シータと同じってこと？」

アリアナがさらに目を丸くして、元パーティメンバーで幼馴染の名前を口にした。

俺はアリアナの言葉に頷く。

ノラ王女がサクラを疑っていたのも、これが理由だろう。

なにかしらの情報網から彼女の出身地を知り、そして闇属性の種族である可能性に至ったのかもしれない。

彼女がこれまで魔法を一切使わなかったのも、拾ったというマリですらその素性をよく知らなかったのも、納得できる。

たぶん、その血が関係していたのだろう。

「闇属性の魔力を持つ者は、もともと数が少なく、使う魔法も精神に働きかけるものなど、特殊です。ですから、尋問でうまく活用して、最初は王族のもとでその力を発揮していたと聞きました。一方でその魔法を怖がる者も多く、魔力の質が魔族やモンスターと似ているから、彼らと同族ではないかというもっともらしい疑いをかけられたそうです。それからは皆さんご存じの通り迫害されて、衰退《すいたい》の一途《いっと》をたどった。私は、そう聞いております」

初めて聞く話であった。

俺が知っていたのは、「魔力の質が似ているから迫害された」という部分だけだ。

それはたぶん、勝者側の歴史しか伝わらなかったからだろう。

「闇属性の種族はもともと魔族のことを忌み嫌っていました。自分たちが迫害される原因でしたから。しかし、今はほとんどがその手先となっております」

「というと？」

「闇属性の血を引いているだけで世間から排除される。だから、それを隠すために魔族から特殊な力を与えてもらうことで、もう一つ別の属性魔法を手に入れて、自分の正体を隠しているのです」

それは、シータが雷属性の魔法を使えていた理由とも一致していた。

魔族と契約していたとまでは思わなかったが。

「……もっとも、私にはその魔法がありません。私は、親の方針で魔族との契約を行いませんでしたから。ただ闇属性の一族の中には、私たち家族のような集団に従わない行為をよく思わない者もいました」

サクラはそこでやっと顔を上げた。

顔は真っ赤に染まっていたが、気にせずそのまま続ける。

「その結果、恨《うら》みを買った両親は殺され、私は一人生き残りました。ヴィティで日払いの仕事をしながらどうにか生活して、十七歳を迎えた時。式典のためにヴィティに来たマリア様に私は拾われました。社会から除《の》け者《もの》にされて一人ぼっちだった私に、マリア様は居場所をくれたのです」

そこから先は、俺たちも聞いたことがある話だった。

マリアが処刑《しょけい》されるという噂をきっかけに王城を抜け出した二人が、俺たちのところへと転がり込んできて、今がある。

サクラが苦しそうに話を続ける。

「その時は、まさかここに戻ることがあるとは思っておりませんでした。しかし、恩あるソリス様方が行くのなら、私だけ行かないわけにはいかない。そう思ってついてきたのですが、闇属性の者どもは私が来たことに気づき、すぐに接触してきました。そして『王女を連れて来たらすべてを許して、一族に再度迎えよう』と言ってきたのです。もちろん実施するつもりはありませんでしたが」

ウラノスから聞いた、王女が狙われているというのもこの件だったのか。

「……一度外で誰かと話していたかと聞いたことがあったけど、それも……」

「はい。その節は嘘を申し上げてしまい失礼しました。自分の過去をどうしても知られたくなかったのです。そのためお二人にも話ができなかった。すぐ近くに敵が潜んでいることを知っていても言えなかった。私は自分のエゴのために、マリ様を危険な目に遭わせたのです」

サクラが拳を握りしめる。

彼女の顔は今に泣き出しそうだった。

目元を潤《うる》ませながら、彼女はぎゅっと目をつぶった。

「……私はもう、マリ様のそばに、皆様のおそばにはいられません。お伝えしたかったのは、それでございます。マリ様にもどうぞお伝えください。これまで大変お世話になりました」

サクラは再度頭を下げて、そのまま俺たちの前から立ち去ろうとした。

話の流れからして、サクラがここを去ろうとしていることは途中で分かった。

俺は仕返しとばかりに、彼女の服をつまんで止めた。

「前にもこんなことがあったな。政変の記事が出回ってマリの捜索がはじめられた時も、マリとサクラで家から出ようとしてた。悪いけど、今回はどこにも行かせないぞ」

「うん、私もそのつもり」

サクラの腕を掴みながら、アリアナが続く。

「……闇魔法を使いますよ」

「使ってもいいよ。それで俺から逃げられると思うなら、だけどな」

俺はサクラの服から手を放して、ライトニングベールを展開した。

自分を含めて三人を中に閉じ込める。

少なくとも、これで逃げられることはなくなった。

サクラが周囲を見回してから、俺をキッと睨みつけてくる。

いつもの無表情が嘘のようだ。

自分の過去を話すうちに、感情が表に出やすくなったのかもしれない。

「なぜですか、なぜ私のような裏切り者を引き留めるのです」

サクラが声を荒らげた。

「別に裏切ってはないだろ。向こうの命令は断ったんだから」

「ですが、もっと早くに話しておけばこんなことにはならなかった……！　マリ様を危険に晒《さら》すことにはならなかった！」

「過去を知られたくないっていう理由があったんだから、仕方ないだろ。マリだってそれを責めないよ、絶対。むしろよくここで話してくれたって言うに違いない。それに急にいなくなったら、そっちを怒るに決まってる。きっと見つかるまでサクラを捜しに行くだろうよ。そんな危険なことは、サクラは望まないよな」

俺でも簡単に想像できるのだから、長い間マリと過ごしてきたサクラに分からないわけがない。

「……マリ様は、人がよすぎて困ります」

サクラは目元を隠すように俯いた。

アリアナが腕組みしながら、ため息をつく。

「マリだけじゃないわよ、私もタイラーも、もちろんエチカちゃんも、フェリシーも、そんなことになったら絶対諦めないで捜す。たくさんお金使ってでも見つけて、連れて帰る」

「……どうしてそこまで」

「だって、私たちはもう家族なんだから」

「家族、ですか」

「うん、そうよ。私、サクラがいない生活なんて考えられないもの。料理だってサクラの味がうちのスタンダードだし、すごく美味しいし、今さら変えたくないわ」

たしかに、そうだ。

色々なお屋敷で食事をいただいてきたけれど、サクラの料理はそのどれにも引けを取らない。

「紅茶もそうかもな。たまに甘すぎるけど、それも含めて俺はサクラのお茶がいい。あれがないと朝が始まらない感じがするんだ」

むろん、それだけじゃない。フェリシーやエチカの世話だって、サクラ任せになっていることはいくつもある。

「……そう、ですか」

「それに、サクラがいない光景が想像できないよ、俺には」

一番はこれだ。

彼女がいない日常を考えてもしっくりこなくなっている。

俺の言葉を受けて、彼女は眉間に皺《しわ》を寄せて、表情を崩す。

目の縁には涙が溜まっていた。

それを見せないようにするためか、サクラはくるりとその場で身を翻して壁の方を向く。

もしかすると、サクラの癖《くせ》の頭をぶつけ始める奇行が始まるのではと思ったが、予想は外れて彼女はその場にしゃがみ込んだ。

しばらくすると、嗚咽《おえつ》が漏れ聞こえてきた。

普段の彼女からは考えられない姿だ。

もしかするとサクラは、その小さな身体にこれまで色々な感情を溜め込んできたのかもしれない。

その壮絶な過去を考えれば、ありうる話だ。

生まれから来る様々な理不尽に耐え抜くために、感情を表に出さないようになった——そんな気がする。

ならば、止める理由はない。

今は思いのままに泣けばいい。

俺とアリアナは目を合わせて頷き合うと、ただそばで、サクラを見守った。

それから俺は、サクラに手を差し伸べた。

「サクラ、お前が必要だ。これからも家族でいてほしい」

彼女はしゃがんだまま、俺の方を見上げる。

まだ潤む目を袖で拭ってから彼女は、俺の手を取ってくれた。

熱くなったその手を俺は強く握る。

「とりあえずマリが起きたら説明しようか、これまでの経緯を」

「そうね、私たちも横にいるわ」

俺とアリアナでサクラの顔を覗き込む。

「……はい」

サクラは、首を縦に振ってから立ち上がる。

その顔には、小さな花がほころぶような自然な笑みが浮かんでいた。

できれば、これからもっと見たい。

そう思うような笑顔だった。


その日の夜。

突然、俺はノラ王女から呼び出された。

正直に言えば、なかなか恐ろしかった。

昼間のことがあったから、処刑はないにしてもなにかしら罰が与えられるのでは、と思ったのだ。

「昼は申し訳ありませんでした……!!」

鍵を開けてもらった後、俺は部屋に入るなり潔く頭を下げた。

それに対して、ノラ王女は口元に手を当ててくすりと笑う。

「謝ることではありませんよ、タイラー・ソリス様」

拍子抜けするほど、彼女の態度は柔らかい。

彼女は俺をソファ席へと通した。

「えっと、じゃあどういう用件でここへ?」

俺はソファに腰かけながら、ノラ王女に聞いた。

「二件あります。まず一つめですが、あれからお姉様の様子は?」

「それなら問題ありませんよ。もう目を覚まして、さっきは山ほどご飯を食べていました」

「そうですか、お姉様らしいですね。それはよかった」

ここで一度、会話が途切れる。

だが、聞きたかったことがそれじゃないのは明白だ。

そんな情報なら、わざわざ俺を呼び出すまでもなく、メイド伝手《づて》に聞けばいい。

ノラ王女が知りたいことに、あたりをつけて、俺は話す。

「ちなみに、王女がマリの正体に気づいていることは、本人には言っていませんよ。あの場に居合わせた他の仲間にも言わないように伝えています」

「あなたという人は勘がいいですね。しかし、意外です。他の人の前であそこまで話したのですから、言ってしまっているものかと思いました」

「気づいていたかどうかは、王女が本人に伝えるべきだと思っただけですよ」

「……そうですか。手厳しいですね。それが優しさでもあるのかもしれないけれど」

ノラ王女は短く笑うと、そこで言葉を切る。

相変わらず、その態度にはまだ取り繕っている感があるが、その雰囲気はほんのりとではあるが、変わっている気がした。

彼女と会話する時に常に感じていた、言い知れないプレッシャーが薄まったような気がする。

今は無言もそこまで怖くない。

「それで、二つ目の話というのは？」

「今日の襲撃の件です。あれから調査したので、その件を共有したいと思いまして。結論から言えば、どうやら内通者がいるようですね。わたしの居室を知っていたのはほんの一部の使用人と衛兵のみ。それにもかかわらず、襲撃犯がすぐに部屋を特定したとなると、思っていたより深くに入り込んでいる可能性が高いです」

「……やはりそうでしたか。俺もサクラからその話を聞きました」

「あの使用人から、ですか。ということはあの者の素性も？」

俺は一つ頷く。

「闇属性の者たちの生き残りだと言っていました。ノラ王女は気づいていたんですね」

「可能性が高いと思っていただけです。それで？」

「サクラによれば、闇属性の一族に王女を狙っている者がいるという話でした。マリの件と合わせると、魔族と繋がっている可能性がありますね。その目的は――」

「もしわたしを亡き者にすれば、王国の継承者がいなくなりますし、確実に不安定な状況に陥《おちい》りますからね」

「亡き者に……まではまだ確定ではないですが、その推測は間違ってないと思います。まぁ、今回はどういうわけか、ネックレスだけ奪って去っていったようですが」

「それはよく分かりませんね。あれだけが彼らの狙いとは考えづらいですが……」

もしかしたら魔族にとって、なにか使い道があるのかもしれない。

そう思ったのだけれど、ノラ王女も分からないのならお手上げだ。

俺は、それよりこの先のことを切り出す。

「問題は次に彼らが攻めてきた時です。奴らはノラ王女を再び狙ってきます」

「……それは、わたしも考えております。もし、決行されるとしたら――」

「式典当日ですね？」

「さすがでございますね。しばらくは、わたしたちも警戒をする。それに、あなたクラスの猛者《もさ》が二人もいれば、相手も躊躇するでしょう」

ノラ王女が二人と言っているもう一人は、たぶんセラフィーノのことだろう。

たしかに勝手な行動が目立つとはいえ、戦力としては彼もかなりのものだ。

「式典当日はどうしても、隙ができますからね。それに備えて、策を練るしかない。そのための方法を相談しようと思ったのが、本題です」

その言葉に俺は、思わずふっと笑う。

「なんですか、突然笑って」

「いえ、すみません。それならちょうど考えてきたところだったんですよ。とっておきの方法を」

訝《いぶか》しげに眉を寄せるノラ王女に、俺はそのとっておきを話す。

「……タイラー・ソリス様。あなた、面白がっているわけではありませんよね」

かなり嫌そうな顔をされたが、この反応も予想通りだ。

俺は努めて澄まし顔を作って言う。

「ふざけてませんよ、必要なことだから提案するんです」


翌日、俺の立てた計画が始動した。

鍛練場のフリースペースに向かい、様子を覗くと、計画のための練習が行われていた。

「これを一言一句間違えずに覚えてください。それから歩き方はもっとゆっくり、一歩ずつお願いします。もう一度はじめから」

「……は、はい！」

それは、戦闘の準備ではなくノラ王女からマリへの演技指導だった。

これこそ昨夜俺がノラ王女に提案したとっておきの方法である。

つまり、式典当日の入れ替わりだ。

いくら俺たちが護衛についているとはいえ、戦う手段のないノラ王女が予期せぬところから攻撃された場合、対応が遅れたら抵抗する手段がなくなる。

そこでマリに再度扮装《ふんそう》してもらって、ノラ王女に危害が極力加わらないようにしたのだ。

もう何度もモンスターを退治してきたうえ、高位の精霊の召喚に成功したマリならば、少なくとも短時間でやられてしまうことはないと見込んでの策である。

その作戦を伝えると、マリは即答で了承してくれた。

「ノラのためなら、どんなことでも！」と、むしろ意気込んでいたくらいだ。

ただまぁ、いくら姉妹とはいえ、公《おおやけ》の場での振る舞いを身につけるのは、簡単じゃない。

マリとて、式典に出るのは相当久々で、ブランクもある。

そこで今は、よりうまく王女になりきってもらうため、マリには練習に取り組んでもらっていたのだった。

……むろん、この場には二人が話すきっかけを作る狙いもある。

入れ替わりがばれないようにするため、今この鍛錬場に入れるのは、俺たちパーティとノラ王女のみだ。

邪魔が入らないこの状況は、姉妹の雪解けにも好機だろう。

「なかなか苦労してるみたいだな」

台本を片手に、眉に指を当てて難しそうな顔をするマリに近寄り、俺は声をかけた。

「あ。ソリス様、いらしてたのですね！」

彼女は、そこでようやく俺の存在に気付いたらしい。

驚いた様子で素早く顔を上げると、銀の三つ編みおさげが同時に跳ね上がる。

どうやらかなり集中していたようだ。

「少し時間が空いたから見にきたんだ。やっぱり簡単ではないか？」

「まぁそうですわね。奴隷が王女のふりをするなんて、普通はないですし」

マリのこの口ぶりからして、ノラ王女はまだマリに、自分が気づいていることを話していないらしい。

俺がちらりとノラ王女の方を見ると、彼女の瞳がすがめられた。

たぶん余計な質問をするな、という意図が込められているのだろう。

もしかしたら、この状況を作り出した俺を非難したいのかもしれない。

だが、そんな威嚇も前ほど怖くはなくなった。

「まぁ、多少は仕方ないよ。ゆっくり慣れていけばいいさ」

「はい、ありがとうございます。ソリス様にそう言ってもらえると、ほっとしますわ。そもそも演技とか得意じゃなくて」

俺は、マリに視線を戻してそのまま話を続ける。

そして頃合いを見て、用意していた紙袋を彼女へと手渡した。

「あぁそうだ、これを預かってたんだ」

その中身は、焼きたてのマドレーヌが入っている。

「ソリス様、これってもしかして」

「あぁ、サクラとフェリシーに頼んだら、キッチンを借りて焼いてくれたんだ、二人にって。あんまり根を詰めないようにってことかな。一応言っておくが、食べすぎるなよ」

「ぐぅ。十個までにしますわ」

「我慢したつもりかよ、それ。全部で十二個だからな……まぁいいや。元気そうでよかった。じゃあもう行くよ」

「も、もうですか？　よかったらソリス様もご一緒に——」

マリもノラ王女と二人きりという状況を意識していたのだろう。

彼女は俺を呼び止めるが、その誘いには応じられない。

「そうしたいところだけれど、アリアナの特訓に付き合っているから。なにかあったら呼んでくれ」

嘘はついていない。本当にアリアナと約束をしているのだ。

もちろん、理由はそれだけではないが。

俺はそこで会話を切り上げる。

二人きりの時間を作って、互いの会話の時間をとるのが俺のねらいだ。

このままだと喋りづらいかもしれないが、茶菓子があれば二人の間にはきっと自然な会話が生まれるはずだ。

その流れで、腹を割って本当のことを話せるかもしれない。

そんなふうに考えて、俺がサクラに協力を仰《あお》いで作ってもらったのだ。

ノラ王女はそんな俺の意図を嗅ぎ取ったのだろう。

よりいっそう、目を鋭くして圧をかけてくる。

いらぬお節介《せっかい》とでも言いたいのかもしれない。

凍《い》てつく吹雪の中で、獰猛な肉食動物に狙いをつけられているような心地だった。

背筋《せすじ》が凍りつく感覚に襲われるが、立ち去ってしまえばもう関係ない。

俺は早足で、さっさとその場を後にしようとする。

「タイラー・ソリス様。少々お待ちください。手伝っていただきたいことがあるのです」

……寸前で、ノラ王女に呼び止められてしまった。

にこにこの笑顔で声もとびきり柔らかい。

ただし、思いっきり作り笑いだ。俺には、なにか仕返しをしてやろうと企んでいる顔に見えた。

俺は立ち止まって、渋々尋ねる。

「えっと、重いものを運ぶとか？」

「いいえ。練習で足りない役回りがあったので、できればその役をお願いしたいのです」

「……そ、そうですか」

いったい、なにをさせられるのだろう。

どことなく嫌な予感がしたが、断る術《すべ》はなく引き受けることにした。

そのまま俺に任された役は――

「……これ、いらなくないですか」

演台だった。

「必要です。あなたくらいの男性が屈むと、ちょうど本番の演台の高さと同じくらいなのです。ほら、演台は言葉を発さないのですから、そのままお静かに」

やっぱり、さっきのお節介の仕返しだった。

マリの前で横向きになり、膝を少し曲げた状態で空気椅子《いす》の体勢だ。

そのままの状態を維持するのは、トレーニングになるが、かなりきつい。

そんな俺を見て、ノラ王女はにこにこしていた。

さっきとは違い、たぶんこれは本当に楽しくて笑っている。

隠しきれない嗜虐的《しぎゃくてき》な笑みが浮かんでいた。

「ソリス様……大丈夫ですの？」

マリは、そんな俺を見て心配そうに尋ねてくる。

「あぁ、心配ない。とりあえず、早くうまくなってくれ。俺の膝が壊れる前に」

「は、はい……！　頑張ります！」

姉妹であることを疑いたくなるくらい、正反対の態度だった。

物扱いされている最中だから、その優しさが身に染みる。

俺が演台役をこなして三十分ほどが経ったところで、ノラ王女がわざとらしく口を開いた。

「あ、大変申し訳ございません。間違えておりました。あなたには、襲撃犯の役をしてもらうのでした」

「どう考えても、そっちのが大事だろ……!!」

つい、素でつっこんでしまった。

そこから襲撃時を想定した練習にまともに付き合い、俺はお茶休憩のタイミングでどうにか抜け出したのだった。


マリたちとの練習を終えて、俺が次に向かったのは弓の練習場だ。

扉を開けて中に入るとちょうど、アリアナが矢を弓に番《つが》えて引いていた。

矢じりには、力強い魔力が込められていた。

それでいて、アリアナが本来持っている安定感もあった。

魔力が一点に集まるようにして、光を発しているのがその証拠だ。前より魔力が制御されているのが伝わってきた。

実際、放たれた矢は綺麗にまっすぐ飛んでいた。

矢の後ろに続く水流も勢い十分で、正面にあった的の中心を完璧に射抜いた。

的にひびが入り、そのまま粉々に割れる。

それを見届けたアリアナが、大きく首を縦に振る。

「遅かったじゃない、タイラー。向こうでなにかあったの?」

「……えっと、まぁ色々な」

演台になっていた――なんてわざわざ説明する必要はないし、伝え方も難しい。

俺は視線を逸らして、言葉を濁《にご》した。

不思議そうにこちらを見て首を傾げるアリアナに対して、俺は話題を変える。

「いい感じだったな、今の一射。手応えもあったんじゃないか」

「やっぱりタイラーもそう思う？　うん、だいぶね。一回弓をやめて、魔法の強化をしたのがよかったのかも。力強さも精度もそれなりに維持できてる実感があるわね。ただ、まだ上限突破には至ってないみたいだけど」

「この調子ならいつか絶対突破できるさ。じゃあ、そろそろ次の段階に進もうか」

「お、やっとだ～。そろそろこの練習だけってのにも飽きてたんだよね」

まだまだ疲れている様子はなかった。

練習をこなす中で、魔力の総量も増えてきたのかもしれない。

だとすれば、次の特訓もきっと乗り越えられるはずだ。

「ライトニングベール！」

俺は、鍛錬場の真ん中に光魔法による防御壁を作り出す。

「……急にどうしたの、タイラー？」

訝しげなアリアナに、俺は告げた。

「アリアナ、これを壊してほしいんだ。その弓矢で」

「え」

彼女が目をぱちくりとさせる。

そしてすぐに、いやいやいやと首を振った。

髪を振り乱すほどの勢いだ。

「そんなの無理よ。だって、タイラーのそれが壊されてる場面なんて、ほとんど見たことないもの！　もしかして手を抜いて作った？」

「いいや、強度は今出せる限界まで高めたよ」

「じゃあ、この世で一番壊れにくいじゃない！　一番身近で何度も見てきたんだから知ってるわよ」

アリアナの言葉は、さすがに過大評価すぎる。

とはいえ、このライトニングベールが様々なモンスターや敵の攻撃を凌《しの》いできたのも事実だ。

今では、よほどの相手じゃなければ破られない、俺の自慢の鉄壁だった。

だが、破る方法はある。

「広く力を使うから、一点集中の力には弱いんだ」

「弓矢なら、破れるってこと？」

「うん、もちろんかなりの強さがいるけどな。この間ツータスタウンで戦った魔族にだって破らせなかったくらいだから」

「……それって、もしこのベールを壊せたら、魔族より強くなれるってこと？」

「まぁ、ある意味ではそうなるかな」

俺がそう言うと、アリアナは一度しまっていた弓を再び取り出す。

その持ち手を強く握りしめて、自分に言い聞かせた。

「やるわ、私、やってみせる。魔族を倒せるくらいの力を得られたら、タイラーの役に立てるもの！」

そしてこちらへ弓を見せながら、歯を見せてにかっと笑った。

その満面の笑みが、俺には眩しく映った。

これまでに何度だって見てきたはずが、鼓動《こどう》が高鳴った。

俺がどぎまぎしているうち、アリアナが矢を射かけ始める。

まさかの形で隙をつかれてしまった。

俺は一瞬緩んだ魔力を強めて、ベールの硬度を上げた。

ぎりぎりのところで、矢を弾き返す。

「あれ、意外と惜しかった……？」

俺としては冷や汗ものだったが、アリアナにはちょうどいい発奮《はっぷん》材料になったらしい。

やる気を出した彼女が、次々に矢を放つ。

ベールはそのすべてを弾き落とすのだけれど、それでも彼女は決して諦めない。

むしろ楽しそうにすら見えた。

ともかく、これで彼女も特訓の成果が出ていることが分かった。

そう感動したのもの束《つか》の間《ま》――

「あつ～っ!!　防具外しちゃお」

アリアナが一度弓を置いてから、羽織っていた上着を脱いで胸当てを外す。

そのうえ服の合間からへそをのぞかせて、ぱたぱたと風を入れはじめた。

長い髪をくくりあげると、うなじが見えた。

火照って赤い顔といい、鎖骨《さこつ》から垂れていく汗といい、妖艶《ようえん》な雰囲気だ。

もはや分かってやっているのではないか、と勘繰りたくなるくらい、弓とは違う強力な攻撃を受けてしまった。

またしても調子を崩されたところに、アリアナが水属性魔法を放つ。

「ウォータードラゴン!!」

それは本当に強烈で、今度こそベールを壊されかけそうになった。

俺は意地だけでベールの魔力を強くして、辛うじて凌ぎきった。

俺が息を切らしていると、アリアナが向かいから声をかけてきた。

「あれ、どうしたのタイラー。なんか疲れ切ってる？　休む？」

「……いや、いい。大丈夫だから」

勝手に悩殺《のうさつ》されていました、とは言えなかった。

三章　雪解けと再会

タイラーとアリアナが特訓に取り組んでいた時、隣の鍛練場内のフリースペースは緊張感で満ちていた。

そこにいるのは、マリとノラ。

まるで王女だった頃に参加した外交交渉の場のようだ、とマリは思う。

テーブルの上に並んでいるのが豪華絢爛な食事ではなく、マドレーヌと水という、少し質素なものになっているだけで、ぴりっと張り詰めた空気は似ている。

王城を抜け出してからは経験したことのない空気だ。

それに耐えきれなくなったマリは、用意したばかりの水を飲み干した。

それから、テーブルの向かいに座るノラ王女と向き合った。

とりあえず、にこにことしてみるが、会話は生まれない。

お互いに、意味のない笑顔を交わし合う。

「えーっと、本日はお日柄も良く……」

そんな状況を打開しようと、マリは何気なく挨拶を口にしてみたが、中途半端なものになってしまった。

「そうですね、マリさん」

「ですよねぇ、あはは、雪は降らないみたいで……」

「そうですね」

「あー……この焼き菓子、なんだか雪みたいにふわふわな感じですね。って、茶色ですけど！」

「そうですね」

「あはは…………」

やはり会話がうまく続かない。

考えてみれば、当然のことだ。

元王女で姉とはいえ、マリの今の身分はタイラーの奴隷である。

しかも、マリは自分の正体がノラに気付かれていないと思っている。

だとすれば、奴隷相手にまともに会話を交わす気はないということなのかもしれない。

成り行きで、タイラーから「二人で」と言われたので、付き合ってくれているだけの可能性を、マリは考えていた。

ならば、いちいち反応を気にしても仕方ない。

「えっと、とりあえず食べましょうか」

「……そうですね」

ノラがマドレーヌに手をつけるのを待ってから、マリはそのうち一つをもらう。

少し小さめのそれは、本当なら一口でも食べられるような大きさだった。しかし今は王女の前だ。

もともと同じ立場だった人間として、礼儀くらいはわきまえている。

ノラが先に口に運んだのを見た後、マリは頭を下げてからマドレーヌを一口かじる。

「美味しいですね。あなた方のメイドは優秀なのですね」

「……えっと、ありがとうございます。きっと喜びます、伝えておきますね」

ノラとぎこちない会話を交わしながらマリが食べたのは、ほんの半分程度だ。

マドレーヌは、とても優しい味わいだった。

しかも、オレンジのペーストが使われているらしく、甘さの中にほんのり酸味も効いていて食べやすい。

簡単にいくつも平らげられそうだったが、マリはその欲望を抑える。

唾だけを呑み込み、ノラ王女が二つ目を口に運ぶのを見守る。

「もっと食べたらどうですか？　わたし一人では、到底食べきれませんので」

ノラに視線を向けられたと思ったらそう言われ、マリは聞き返す。

「えっと、いいのですか？」

「はい、もちろん。そもそもわたしはそんなに大食いではないので。かなり美味しいですが」

「……ではお言葉に甘えさせていただきます」

もしかすると、羨《うらや》ましそうに見ていたのを気づかれてしまっただろうか。

恥ずかしくなりながらも、マリは残りを口に入れる。

その優しい甘さにほっとしていると……

「奴隷としての生活はどうですか？」

唐突に、ノラが話を振った。

まったく身構えていなかったマリは、思わず咳き込んでしまう。

胸を叩いてから、どうにか呑み込んで口を開く。

「えっと、悪くはありません。ソリス様方にはとてもよくしてもらって、奴隷扱いは受けていませんから。その、ありがとうございます」

「そうですか」

「はい」

「ところで、なぜあなたがわたしに礼を？」

「……あ」

失言だったかもしれない。

急に振られたから、思わず本音が漏れてしまっていた。

実際、マリはノラに感謝していた。

自分の意思ではなく、王女の立場を追われた身のマリである。

望んで、今の身分になったわけでも、ノラに押し付けたわけでもない。

だが、もしノラがいなかったのなら、そもそもマリが追放されることはなかっただろう。

今でも王女として扱われていて、その生活はタイラーたちと暮らしている幸せな時間とはまったく異なっていたかもしれない。

そういう意味では、ノラのおかげだ。

が、しかし。それをすべて正直に言ってしまったら、元王女であるとばれてしまう。

「お、お気遣いいただいたことに関してでございます」

だから無難な言い訳をする。

それに対してノラ王女はまたしても、「そうですか」と呟くだけだった。

おかげで話は流れていきそうになる。

マリとしてもそれを望んでいたのだが、しかし――

「そ、その！　逆に王女様としての生活はどうですか」

ノラが今の暮らしをどう思っているのか。

どうしてもそれを知りたくなって、マリはうっかり自分から質問してしまった。

ノラ王女は、少し考えるように目をつぶる。そして三つ目のマドレーヌを手にしながら答えた。

「悪くはないものですよ、この立場も」

ノラが苦しんでいないといい。

そう心から思っていたからこそ、救われた気持ちになる一言であった。

奴隷相手の発言であると考えれば、わざわざ嘘をつく意味もない。

たぶん、ノラの本音であるはずだ。

それを聞いて安心したマリは、もう一つマドレーヌを手にする。

その時には、ノラはすでに四つ目を手にしていた。

「……その、結構お食べになるのですね」

マリの一言で、ノラの手がぴたりと止まる。

「ただ、このマドレーヌがとても美味しいので。それだけの理由です」

澄ました様子であった。

だが、その手元は細かく震えている。

もしかしてノラも緊張しているのでは……しかし、奴隷相手にどうして、とマリは思考を巡らす。

（まさか私の正体に気付いているんじゃ……？）

そう頭を過るものの、単純によく知らない相手と二人きりという状況が苦手な可能性もある。

ならば、気持ちをほぐしてやるのが姉の務めであろう。

マリは、一気に三つマドレーヌを口に放り込む。

リスのように両頬いっぱいに溜めて、もきゅもきゅと食べ進めてから、勢いよく話し出す。

「ですよね！　食べようと思ったら、これくらい簡単に平らげちゃいそうですもの。サクラは、お菓子作りが得意なんです」

「……なるほど、王城のメイドにも引けを取らない腕ですね。あなたの食べっぷりは、行方知れずになったわたしの姉にそっくりです」

「えっ、あははっ、やめてくださいよ。そんなわけありません」

「ただの冗談です、あと、口からマドレーヌの欠片《かけら》が飛んでいます。おやめください」

ほとんど初めて、まともに会話を交わして、一応は笑い合い、冗談も言い合うことができている。

これまでなかったことだ。

姉妹とはいえ、マリが王女だった時にはできなかったような会話だった。

ほとんど他人……いや、むしろ敵対関係にあったのだから。

自分の意思はともかく、それぞれが周囲の貴族らに担がれることで、物心ついた時には倒すべき相手という存在だったのだ。

それが今、王女と奴隷という正反対の立場で実現している。

正体は明かせないままとはいえ、それでも話せたことそれ自体が、マリにはとても嬉《うれ》しかった。

会話を交わしながらも、彼女はその満足感に浸る。

少しは打ち解けられた。

マドレーヌを食べ終える頃には、そんなふうに思っていたのだが……

「マリさん、違います、やり直し」

「は、はい……！」

その後、練習に戻ると、ノラの態度は元通り厳しいものになっていた。

なんならいっそう厳しくなっているかもしれない。

でも今のマリは、それを好意的に捉えることができた。

たぶんノラは、マリが間違っても偽者だと見抜かれて殺されないよう、厳しい練習をしているのだと。

その気持ちは、マリも同じだ。

ノラには、なんとしても生きてほしかった。たとえば入れ替わりが見抜かれて、彼女が狙われてしまうとしても。

「ノラ王女様、少し護身術の練習をいたしませんか」

だから、マリはこう提案した。

「……王女は、魔法を使ってはいけないことになっているのですが」

「そんな決まり、無視すればいいんです。生きることがなにより大切ですから。やりますよ！　あとからソリス様にもそう伝えます」

「強引な方ですね」

「申し訳ありません。でも、ここは引けませんから」

自ら戦い方を実践して教えるのは難しいが、精霊召喚魔法くらいなら習得してもらえるはずだ。

◇◆◇◆◇

式典本番での入れ替わりを決めて、特訓を開始してからの一週間は、本当にあっという間だった。

俺——タイラーは、朝から晩までアリアナの練習に付き合いながら、たまにマリとノラ王女の様子を見に行くといった生活を送っていた。

言葉にすればそれだけなのだが、マリの発案で、ノラ王女にも魔法を覚えてもらうことになり、アリアナの練習方法をさらに工夫したことで、思いのほか慌ただしくなったのだった。

気づけば、式典前日の夜だ。

本番前ということもあり、練習は早めに切り上げていた。

食事を終え、それぞれが自室へと戻る。

俺は万全の状態で臨むため、早く休もうとベッドに入ってみたのだけれど……

「寝られそうにないな」

瞼《まぶた》を閉じてみても浮かんでくるのは、明日の本番の光景だ。

色々なパターンを想定して練習を積んできた。

最後には、アリアナに襲撃役になってもらい、実際どう対応するかもシミュレーションした。

だが、それでも不安を拭いきることはできなかった。

この不安自体は、これまでもあったものだ。

ただこのところは毎日、遅くまで練習していたせいで疲れきっていたからか、ここまで考え込むことはなかった。

結局どうしても眠ることができず、俺は部屋を出る。

そうして向かったのは、廊下の端にあるバルコニーだ。

俺はそこからヴィティの街並みを眺める。

平和な景色だ。

式典のために、サンタナ王国内外から様々な人が集まっているため、一部では賑《にぎ》やかな様子も窺えるけれど、争いなどは起きていない。

ただ悪意はほぼ確実に、この街の内側で息を潜めている。

確実に退《しりぞ》けなければならない。

マリも、ノラ王女も、街も守らなくては。

俺がそんなふうに思っていると、後ろから名前を呼ばれた。

「タイラーじゃない、奇遇ね」

振り返れば、アリアナがいる。

寝間着姿だった。髪の毛は高い位置で団子状に巻き上げている。

「アリアナ……もしかして、寝られないのか？」

「うん、タイラーもでしょ？　やっぱり緊張するもの。それに私はほら、特訓も結局終わらないままでしょ？　戦力になれるのかなぁって」

たしかに、アリアナは俺のライトニングベールをいまだに破れていない。そして、レベルの上限突破もまだだ。

でも着実に力はついてきていて、大きな岩を壊せるくらいにはなっていた。

それは、かなりの進歩だ。

「なれるよ、十分にな。衛兵たちよりは、はるかに強いと思うよ」

「そう言ってもらえると少し楽になる。ありがと」

アリアナは、欄干《らんかん》にもたれかかり、垂れてきた横の髪を耳にかけながら夜空を見上げる。

一枚の絵みたいな美しさだった。

うっかり目を奪われる。

夜風に吹かれながら彼女の横顔を見ていたら……

「あら、お二人とも。どうされたのです」

「ソリス様に、アリアナ様もいらっしゃったのですね」

今度はマリとサクラまでやってきた。

二人とも寝間着姿である。

「もしかして、マリも寝られないの？」

「え、アリアナ様。どうして分かるんですの!?」

「ふふ、大当たりね」

マリの答えを聞いたアリアナが微笑む。

どうやらみんな同じらしい。

さすがにエチカとフェリシーはもう寝ているだろうと考えると、これで全員集合だ。

そう思っていたら、こつんこつんと廊下から足音がする。

そして、意外な人物がやってきた。

「……あなた方。このようなところに集まって、なにを？」

白色のナイトドレス、そのフリルを揺らしながらゆっくり歩いてくるのはノラ王女だ。

みんなで揃って目を丸くして、彼女を迎えた。

「俺たちはたまたま集まっちゃって。ノラ王女こそ、どうしてここに？」

アリアナ、マリの意見も代表して俺はこう尋ねる。

「少し夜風に当たりたかったのですよ」

澄まし顔で返事をしてくれたが、要するに彼女も落ち着かなかったのだろう。

さすがのノラ王女も、緊張はするらしい。そんな彼女に対して、マリはふっと軽く笑う。

「ノラ王女様もですのね。こんな時間に出てきたら、メイドたちから咎《とが》められるんじゃありませんか？」

「それは無用な心配ですよ。しっかりと目を盗んで出てきましたから」

二人の会話は、はじめに比べれば随分《ずいぶん》と柔らかくなっていた。

一緒に時間を過ごすうち、なんだかんだで打ち解けていったのだろう。ただマリの正体に気付いているという事実は、まだ話してはいないようだが。

それでも、たしかに前進はしている。

二人を見ながらそんなことを考えていたら、横からくしゃみが聞こえた。

「ご、ごめん、続けて!!」

アリアナが両腕で身体を抱えて、縮こまる。

どうやら身体を冷やしてしまったらしい。

「皆様、このままでは身体が冷えます。私が飲み物をお淹《い》れしますよ」

それを見て、サクラがすかさず提案した。

さすが、うちのメイドは気が利く。

ノラ王女も頷いてくれたので、バルコニーから部屋へ戻る。

そこで、サクラに紅茶を準備してもらった。

一口飲めば、今日もびっくりするほど甘い。

そして、それは全員分そうだったらしい。

「すっかり目が覚めたよ、俺……」

「こりゃ、タイラーが胸焼けするわけね」

「サ、サクラ!! 甘すぎますわ!!」

「まったくです、一瞬劇薬かと」

慣れている俺はともかく、アリアナ、マリ、ノラは顔を顰《しか》めていた。

「お褒めにあずかり光栄です、ソリス様。今回も、私の気持ちを表現しました」

強烈な甘さに、サクラだけがなんということもなく口にしている。

「あは、マリってば。やめて、その顔」

「ア、アリアナ様。そんなに変な顔はしてませんわ！ ねぇ、ノラ王女様？」

「ふふ。いいえ、たしかに面白い顔でした。このような感じです」

「ちょ、ノラ王女までやめてよ。笑っちゃうじゃない！」

「それを言うなら、さっきくしゃみした時のアリアナ様だってこんな感じで――」

美味しい、とは言えない。

ただ、明日のことを意識して変に硬くなっていた俺たちの心をほぐすには、これくらいがちょうどよかったのかもしれない。

アリアナとマリとノラの三人が盛り上がり、笑いが起きる。

俺とサクラはそれを眺めつつ、二人で顔を見合わせて笑った。

「いいものですね、こういうのも。見ているだけで心が和《やわ》らぎます」

「なんだよ、サクラ。老人みたいなこと言って」

「……今回のことで、改めて思ったのです。私の居場所はここにあったんだ、と。あの時、放り出さなくてよかった。ありがとうございます」

それならば、こちらとしてもよかった。

同じ気持ちでいてくれることが、とても嬉しい。

「……ソリス様。私は戦えないのですが、それでも明日のご武運と無事をお祈りしております」

「うん、ありがとう。でも、ちょっと硬すぎるんじゃないか？　あの時は、感情剥き出しって感じだったのに」

「……あれは、なにかの間違いです」

「でも、あの時みたいなサクラで応援してほしいけど」

サクラはそこで、紅茶を軽く口に含む。

そしてカップをソーサーに戻した後、手元でくるくると少し揺らした。

「こほん、分かりました……応援しています。だから……頑張れ！」

そして俺の無茶ぶりに応えてくれた。

ただ、まだたどたどしい。

言葉こそ砕けた口調だが、その表情はとても硬く、ほとんど動いていない。

抑揚《よくよう》もあまり感じられず、棒読みのようだ。

「……と、こんな感じでしょうか」

サクラはできていると思っているのが、また面白かった。

俺は思わず噴き出す。

「なにかおかしいところがありましたか？」

「まだ全然硬いんだよ。ぎこちなさが二割減ったぐらいでしかないし！」

「……私としては完璧だったのですが」

普段となにも変わらない夜だった。

ノラ王女が加わっただけで、いつも見ていた光景。

そして、これから先も見ていたい光景だ。

その後も、とりとめのないやりとりは続く。

そのうちに気付けば、日付をまたぐ時刻になっていた。

「さすがにそろそろ戻りましょうか」

ノラ王女が言った。

たしかに、そろそろ寝なくては、明日に響く時間だ。

「先に部屋へ戻っていてください」

だが、解散を切り出したノラ王女が自ら残ろうとしていた。

まさか、ノラ王女に片付けを手伝わせるわけにもいかない。

俺は立ち上がり、カップの片付けへと入る。

一方、ノラ王女はその場から動こうとしない。

ただ目を閉じて、背筋《せすじ》をぴんとさせて座っている。

その様子を見て、俺はもう一回椅子に腰を下ろす。

「マリさん、一つ言い忘れていたことがございます」

そこで、ノラ王女がおもむろに切り出した。

まさかの展開が俺の頭をよぎる。

俺が固唾《かたず》を呑んで見守る中、マリが応える。

「えっと、なんでしょう」

「明日は、入れ替わり、よろしくお願いいたしますね」

「はい、お任せください。必ずまっとういたします」

「そう意気込まなくて結構です。あなたは、お姉様は、人のためとなったらやりすぎるきらいがありますから」

「……へ？　今……なんて」

「お姉様、と」

俺の予想が的中してしまった。

まさかこの場でマリの正体に気付いていることを明かすとは……しかもこんなあっさりと。

正直、驚きだった。

入れ替わりの練習であれだけ一緒にいても言い出さなかったのに。

「い、いつから気づいていたんですの!?」

マリは椅子からがたりと立ち上がり、テーブルに手をつくと、前にいるノラ王女の方へと身体を乗り出した。

「ずっと前からですよ。テンバス家の謀叛の時、あなたがタイラー・ソリス様とともにいた時から」

「そ、そんなに前から!?」

「はい、わたしがあなたに気付いていることはソリス様も知っておりました。今は、この場にいる者が皆、それを知っています」

ノラ王女のセリフに、よっぽど混乱したのだろう。

マリがきょろきょろと俺たちそれぞれを振り向くから、俺は首を縦に振った。

それでもたぶん、急には呑み込めなかったのだろう。

目を丸くして、手をだらんと落とした。

「でも、テンバス家の謀叛の時なんて、ほんの一瞬しかあの場にいませんでした。あんな一瞬でどうして」

「分かりますよ、姉妹なんですから」

そう言ってから、ノラ王女はすぐに訂正する。

「いいえ、あなたのことが嫌いだったからかもしれませんね」

「わたくしが嫌い……？　それは、次期女王候補の敵だったから？」

「そうではありません。羨ましかったのです。お姉様は、立派に王女としての責務を果たしながら、一方では、そのままの自分をも主張して、それを受け入れてもらっていた。わたしにはできないことを自然体でやるあなたが、憎かったのです」

「……そんなこと全然」

「少なくとも、わたしにはそう見えたのです。うまく生きることばかり考えて、それしかできないわたしは、強いあなたが疎《うと》ましかった」

はっきりとした物言いだった。

紡《つむ》がれていくその一言一言には、刺々《とげとげ》しさがある。

ただそれは、なにもくるまれていない、剥き出しの本音だからこそだ。

赤の他人に対するものではなく、家族に対するもの。

その棘《とげ》を向けられているわけではない俺にも、ノラ王女が抱えていたのだろう葛藤《かっとう》が伝わってくる。

「あなたがいなくなった時には、清々した。それが本音です」

「……ノラ」

「ただ。今は違います。あなたと再会した時、わたしは第一王女になっていた。立場が変わって、気づいたのです。わたしは、あなたに憧《あこが》れていたのだと。姉妹といえど、常に遠くにいたあなたに、わたしはなりたかった。あなたのように、自分の意見を主張できる王女に。ただ、それはとても難しいことでした。本当はテンバス家に操られたくなどなかった。セラフィーノとの婚約だって、そもそも受けたくなかった。でも、わたしにはそれを断る強さがなかったのです。だから、婚約破棄一つさえ、タイラー・ソリス様はじめ、皆様を巻き込んで今回のような回りくどい方法を取るしかなかった」

ノラ王女はそこで、一つため息をつく。

それから呼吸を整えて、また口を開いた。

「仮面をつけて王女として振る舞うやり方。これが間違いだと気づいたのは、お姉様のおかげです」

「……わたくしの？」

「はい。お姉様は、わたしを守るために命をかけてくれた。それは少しでも打算があれば、できない行為です。そんなあなたに対して、偽りの仮面をつけ続けるのは間違っている。そう思ったのです。ただ、まっすぐに伝えるというのは難しいものですね、結局今になってしまいました」

初耳だった。

俺は、余計なはからいをしたのかもしれない。

こんなふうに考えていたなら、なにもしなくても、ノラ王女はマリに自分から真実を告白していたのだろう、きっと。

「申し訳ありません。でも、話せてよかったです」

ノラ王女の独白は、そこまでだった。

彼女はそこで立ち上がると、マリに向かって腰を折る。

「改めて明日はよろしくお願いします、どうぞお力をお貸しください」

マリはといえば、まだ呆然とした表情だった。

眼帯を外して、瞬きもせずにノラ王女の方を見ている。

その心中は容易に察することができない。色々な思いが渦巻いて、ぐちゃぐちゃになっているのだろう。

そう思っていたら、マリがついに口を開いた。

「……一方的に喋って、ずるいですわ」

出てきた言葉はこれだ。

「え」と、呟くノラ王女は戸惑い気味だった。

「わたくしだって、あなたに謝らなくてはならないことはいくつもありますもの。正体を明かさなかったのはこっちも同じですし、あなたには結果的に次期王位も押し付けた。それでわたくしだけが、こうして幸せな生活を送っている。ノラがしたいことをできないのは、わたくしのせいもあるのに」

「……あなたのせいでは」

「いいえ、わたくしのせいもある。わたくしがそう思うから、そうなの……でも、もうこれ以上は言っても仕方ないことも分かっていますわ。謝っても、なににもならない。だから、明日。わたくしは、必ずやり抜きます。それをここに誓いますわ」

マリはそう言うと、自分も立ち上がる。

「……ですから、その。もう一回お願いしても？」

「もう一回？　なにをですか」

「その、もう一回……呼んでほしいなぁと」

「あぁ、そういうことですか」

ノラ王女はそこで口に手を当てて笑った。

「……お姉様」

控えめな声で、視線を逸らしながら、そう言った。

マリはそれを聞いて、感極まったのだろう。

ノラ王女の方まで駆け寄ると、彼女を抱きしめる。

「ちょ、ちょっとお姉様、なにを……」

「いいでしょう？　少しくらい。だって、すごく、すごく嬉しいんですもの。やっと、あなたと素直に喋れた。姉として」

こういうのを劇的な瞬間というのだろう。

王家という特殊な環境のせいで、ずっとすれ違っていた姉妹のわだかまりが、今まさになくなっている。

これでもう、憂《うれ》いはなくなった。

あとは、一人一人が明日の役目を果たすだけだ。

しばらくして、今度こそ解散となる。

ノラ王女に、部屋まで送るように言われたので、一緒に部屋を出た。するとすぐに、彼女は俺にお辞儀を一つした。

「タイラー・ソリス様。あなたのおかげで、今日こうして本音を話すことができました。お礼を申し上げます」

「……俺は全然。余計なお世話を焼いただけですよ」

「いいえ。わたしは、これまで叱られずに生きてきましたから。あなたに、あのように言っていただけたことが、変わるきっかけだったのです」

これまでのノラ王女からは、聞けなかったような言葉だ。

彼女からまっすぐ言われると、どう反応していいか分からない。

でも、その言葉を聞けたのは嬉しかった。

俺のお節介が無駄ではないと分かったから。

「ところで、タイラー・ソリス様。あなた、わたしの夫になりません？」

そう思った直後、彼女の発言に思わずずっこけそうになった。

「なんでそうなるんですか……前の話の続きですよね。打算で結婚とかそういうのは、俺は」

「ふふ、今回はそれだけではありませんよ。まぁ、考えておいてくださいな。わたしは、もう寝ます」

ノラ王女はそれだけ言うと、俺を置いて自室の方へと去っていく。

その歩き方はいつもより軽やかで、機嫌がよさそうなことが窺えた。

まったくわけが分からなかった。

それだけではない、とはどういう意味なのだろう。

まさか本心で俺のことを……？　いや、でもその理由が分からない。彼女に怒ったことがそのきっかけ？

「分からねぇ……」

俺は廊下で一人、頭をかいた。

それから、とりあえず部屋の片付けへと戻った。


——そして、式典当日を迎えた。

朝から、用意されていた控室にて俺は集中力を高めていた。

頭の中でシミュレーションを繰り返しながら、式典が始まる正午までの時間を過ごす。

張り詰めた空気だった。

アリアナは繰り返し弓を磨きながら呼吸を整えているし、直接戦うわけではないサクラやエチカもせわしなく動いていて、落ち着きがない。

そんな中、サクラの背で眠るフェリシーと入れ替わりの当事者であるマリだけは、いつもと変わらない。

「あぁ、ノラは今頃、事前の会食ですわね。今日はカニが出るらしいですわ。少し分けてもらいたかったですわね」

マリは呑気なことを言いながら、用意されたお菓子を一人でひたすら食べ続けている。

クッキーとフィナンシェを両手持ちで、交互に口に運んでいた。

肝が据わっているんだか、緊張感に欠けるんだか。

「マリ様、その程度でやめておかれては。このあとの式典に影響が出ますよ」

サクラがそれを諫《いさ》めるが、マリの手は止まらない。

「そんなことないわ。まだまだ入りますのに」

そこで、サクラが菓子の入ったカゴを強制的に取り上げる。

「返しなさい、サクラ」

「いいえ、ここでやめておきましょう」

子どもと親みたいな小競り合いが始まった。

そんなやり取りを見ているうちに、メイドから会合が終わったという知らせが入る。

そこで俺たちはノラ王女を迎えに行き、彼女を連れて控室に戻った。

いよいよ式典本番だ。

今のうちに入れ替わりを実行するため、俺たちは集まった。

マリとノラ王女に服装を入れ替えてもらった後、俺は幻影魔法を施す。

「やっぱり胸がきついですわ……」

マリがこう言い、ノラ王女がそれにむっとするところまでは前と同じ展開であった。

だが、その後の二人のやりとりは前よりも姉妹らしいものになっている。

「お姉様、必ずご無事で」

「ふふん、任せなさい。ソリス様たちもついていますから大丈夫ですよ」

ノラとマリは固い握手を交わしていた。

そこへお呼びがかかった。

「ノラ王女様、そろそろお時間です」

俺たちは全員で頷き合う。

「じゃあサクラ、フェリシーとエチカを頼む」

「はい、お任せください」

サクラにこう頼んでから、ノラに扮したマリを先頭に、俺、アリアナ、ノラ王女の四人で部屋を出た。

ノラ王女による指導の甲斐もあってか、マリは王女の歩き方まで完璧に模倣《もほう》できていた。

前を行く彼女の後ろ姿は、もはやノラ王女そのものにしか見えない。

途中ですれ違う使用人たちの誰にも疑われることなく、ノラ王女を特に慕っていた執事さえ恭《うやうや》しく頭を下げるだけでスルーしていった。

少し外を歩いて、俺たちは屋敷の離れにある式典会場に到着する。

そこは、扇状《おうぎじょう》になった野外ホールだった。

数段高くなっている舞台を中央に、観覧席が左右に広がるように配置されている。

ノラ王女によれば、天井を設けないことで、開放感をアピールする狙いがあって造られたのだとか。

文句なしに立派な会場だ。

そしてすでに、来賓や一般の市民など多くの人が会場には詰めかけていた。

それを横目に見ながら、俺たちは舞台裏へと入る。

そこには、他の国の使節もいたから、うかつな会話はできなかった。

静かに待っていると、正午ちょうどに式典が始まった。

軽くプログラムの説明が行われたのち、王女の出番が回ってくる。

「行ってきますわね」

マリはこう言って、舞台へ向かった。

そこでの振る舞いは、本当に立派なものであった。

演台の前まで、ゆっくりした威厳のある足取りで向かうと、彼女は観客たちに向かって頭を軽く下げる。

「このたびは、式典にご来場いただきありがとうございます。サンタナ王国の第一王女、ノラでございます。まずは、平和を祈り、祝うこの式典を今年も開催できたことを、心より感謝いたします」

めりはりの利いた、よく通る声だった。

その声は、裏手までもしっかりと聞こえる。

練習の成果に加え、もともと王女として舞台慣れしていたこともあったのだろう。

マリはしっかり場を把握して、話を進めていく。

危うく聞き入りそうになるが、俺の役目は舞台付近の警戒だ。

護衛が離れていて、かつ大勢の人に紛れやすいこのタイミングを、襲撃犯はおそらく狙っている。

俺はラディアを使って、わずかな変化を逃さぬように意識を研ぎ澄ます。

その時のことだ。

轟音と悲鳴が響いたのは、意外なことに会場後方の観覧席の方からであった。

「アリアナ、ここは頼む！」

俺は『神速』を使い、舞台上のマリのもとへと飛び出す。

「ライトニングベール！」

自分たちの周りを囲うようにして、魔法の防御壁を展開した。

「ソリス様、火柱ですわ！　やっぱり、来ましたわね」

「あぁ、けど、予想が外れた。ノラ王女の命が目的じゃないのかもしれない」

今のところ、攻撃がこちらに向けられている様子はなかった。

とすれば、目的はこの式典自体を中止に追い込むことだろうか。

実際、会場内は騒然《そうぜん》としていた。

観覧席にいた客たちは、我先にと会場の外へ逃れようとして、出口に殺到《さっとう》している。

さらに、そこへ今度は大きな水柱が上がった。

続けて、会場内の各所が雷、土、風と、属性だけを変えた同じ技に見舞われる。

その攻撃は、いよいよ人にも向けられるようになっていた。

「マリ、ここにいてくれよ」

「ソリス様、わたくしもなにか」

「いや、今は王女らしく、そこにいてくれ。ノラ王女本人からも目を逸らせるし、一番安全だ」

俺はそれだけ言って、舞台上から勢いをつけて飛び出す。

だが、これだけの人数が右往左往《うおうさおう》して、混乱をきたしている会場内だ。

敵が複数であることも考えると、狙いをつけるのは容易ではない。

俺は壁を蹴って上へ進み、ライトニングベールで足場を作ってから高い位置に留まる。

そして主犯が目に入るとすぐに、それらの背後へ回ってその首元に一太刀《ひとたち》を浴びせる。

だが、攻撃が収まらない。

一人倒しても、また一人。広い場内の至るところで、なにかしらの魔法が発動されるのだ。

「なっ、貴様！　衛兵であろう⁉　なぜ、参加者を攻撃する！」

駆けつけたところで、衛兵同士の会話が聞こえた。

「元から、こちら側だったのさ‼」

最悪なことに、どうやら衛兵たちの中にも敵の手先が紛れ込んでいるようだ。

衛兵たちも疑心暗鬼《ぎしんあんき》になって、敵も味方もわからなくなっているようで、まるで統率《とうそつ》されていない。

そこらじゅうで、敵味方入り交じった乱戦が繰り広げられていて、避難誘導もまったくできていなかった。

俺はひとまず出入り口へと向かって、そこを塞いでいた敵をなぎ倒す。

ついでに壁を破壊して、避難用の通路を確保した。

だが、これはあくまで根本的な解決になっていない。

元凶を早く止めなくてはと思い、俺は向かってきた敵をひとまず切り伏せた。

「お前たち、なにを企んでいる？」

跪《ひざまず》く相手の首元に刀をつきつけて問い詰める。

「種族の誇りを取り戻すために、この偽りの式典を壊しに来たのさ！」

相手は高笑いとともにこう答えた。

サクラから聞いた話も踏まえると、今回の襲撃犯は闇属性の血を引く種族なのだろう。

俺はその後も戦闘を繰り返して、敵の衛兵を鎮圧する。

次から次へと敵が出てきてきりがないな。

俺は戦いながら、ふと疑問に思う。

この場には魔族もいないし、リーダー格と言えるほど飛び抜けて強い者も存在しない。

もしいるのなら、俺にこれだけ味方を倒されている状況で現れないわけがないのだ。

誰かが止めに来てもおかしくない。

つまり、この場に統率者はいないと考えるべきだろう。

だが、それも変な話だ。

さっきの男が言ったように、彼らの目的が「式典の中止・破壊」であるなら、その目的を確実に達成するため、より強い相手を送り込んでくるはず。

それがセオリーだ。

「……もしかして」

そこで俺は一つの可能性に思い至る。

彼らの目的が式典を壊すことではなく、これ自体もただの目くらましであるとしたら。

こちらに目を向けさせることで、俺や衛兵たちの目を本来の目的から逸らしているかもしれない。

だとしたら、いったいなにを隠そうとしているのか。

それは分からなかったけれど、元凶の可能性に一つ心当たりがあった。

闇属性の一族の本拠地、ピュリュタウンだ。

ウラノス、マリを襲った魔族、それから闇属性の血を引く者が集まるあの場所に行けば、なにか分かるかもしれない。

確証はないが、今ここに留まっているより有益《ゆうえき》なはずだ。

俺は一度、マリのもとまで戻る。

ベールを展開していたおかげで、敵は誰も近寄っていなかった。

俺はベールを解除しながら、マリに言う。

「マリ、少し出てくるよ俺。ここで問題を起こしていた奴らはおおかた鎮圧できたから」

「ソリス様、わたくしはどうすれば？」

「ノラ王女を守ってもらってもいいか？　今はアリアナが見てくれてるはずだから」

そう言い残すと、俺は再び壇上から飛び下りた。

出口まで一気に『神速』で進むと、その先にひときわ大きな火柱が見えた。

俺は仕方なく、一度着地する。

「……タイラー・ソリス。どこへ行くつもりだ」

技を放ったのは公爵貴族、セラフィーノ・フィアンだった。

周りが喧騒《けんそう》に包まれる中、セラフィーノと正面から向き合う。

彼は俺に対して、剣の先を向けてきた。

一応、こいつは味方のはずだ。

ただ、これだけの数の敵が衛兵たちに紛れてしまったのが、彼が勝手に衛兵の首を切るような真似をした結果ということを考えれば、敵ともいえる。

再雇用した中に、相当数の闇属性の人間が交じっていたのだろう。

「ノラ王女の護衛を仰せつかっているはずだろう」

セラフィーノが言った。

「それは、仲間に任せましたよ。あなたが心配することじゃありません」

婚約者であったノラ王女を危険に陥れたのが自分だという自覚がないのだろうか。

俺は苛立ちから声音がつい低くなる。

「あなたはまず、自分のやったことの落とし前をつけてください」

それからはっきりと言い切った。

セラフィーノは俺を睨んだのち、剣を下ろす。

それから俺に背を向けた。

「……ふん、これくらいの収集はつけるさ。僕の責任なのは、分かっている」

それだけ言って、セラフィーノは戦闘へ加わっていく。

さすがに実力者だ。炎を纏わせた剣で、なだれ込んでくる敵をいっぺんになぎ倒す。

単純な戦闘の実力は、目を見張るものはある。

この場は任せても問題なさそうだ。

さんざん迷惑を被ってきたが、この場では彼の言葉を信じることにした。

俺は今度こそ、ピュリュへと出発しようとする。

「タイラー、待って!!」

そこへ、後ろから声がかかった。

「……アリアナ！　なんで、ここに？」

俺の肩に手を置き、下を向きながら息を切らして、アリアナが駆けつけた。

彼女が途切れ途切れに言う。

「マリがノラ王女は任せて、代わりにタイラーのところへ行けって言うから。私がいたら何倍も力を出せるのがタイラーだって」

「……マリの奴、そんなことを」

「ね、本当？　本当なら私も行きたい。タイラーと一緒に。特訓だってそのためにやったのよ。まぁ、まだ未完成だけど、それでも力になりたい」

顔を上げたアリアナの目には力がこもっている。

返事には、少し迷った。

この先に魔族が待ち受けているのだとしたら、危険もあるかもしれない。

ただ、彼女の思いには応えたかった。

それに、アリアナがいれば俺が力を発揮できるのはたぶん本当だ。これまで、アリアナに助けてもらった色んな場面が頭に浮かんでくる。

「うん、行こう。一緒に」

俺はそう答えて、足元に両の手を向けた。

目を閉じて魔力を放出しながら発動するのは、ホライゾナルクラウドだ。

風に回転をかけて、足場——いわば風の絨毯《じゅうたん》を作る技だ。

俺は薄い雲のようにも見えるそれの上に乗ると、アリアナの手を引く。

それから片膝をついて、ピュリュを目指してスタートを切った。

式典の裏側で魔族らがなにかを企んでいるのなら、その計画はもう進行している可能性がある。

俺の予想が外れて、なにもなかったとしたら、すぐに次の手を打たなければならない。

そう考えた俺は、できる限りのスピードを出して、まずは街を出た。

目立たないように幻影魔法を自分たちにかけて身を隠す。そして、ヴィティに向かう時に通った道を引き返していく。

「タイラーがいなかったら、ここを抜ける必要があったと思うと、恐ろしいわね」

その途中、俺の肩を掴んでいたアリアナがぼそりと言った。

下に広がっているのは、険しい山々だ。

ただでさえ地形が入り組んでいるうえ、雪も積もっている。その深さはかなりのもので、生えている木々はその背丈のほとんどが雪に埋もれていた。

その景色は、まるで一面が白い海のようだ。

そう思った次の瞬間、目の端に変化を捉えた。

俺はホライゾナルクラウドを操って進行方向を変える。

直後、さっきまで俺たちがいたところに黒い魔力の球が打ち込まれた。

「タイラー、もしかして今の……敵？　見えてるの？」

揺れたせいで、より強く俺にしがみついていたアリアナも、その球の行方を見ていた。

「ホライゾナルクラウドの魔力を感知したのかもしれないな。でもまぁ、よかったな」

「どうして？」

「わざわざ俺たちの行く手を阻もうとしてくるってことは、この先になにかある証拠だろ」

俺はさらにスピードを上げる。

山の中には何人もの敵が忍んでいるらしかった。

銀景色の中に身を潜ませる彼らから、空へ向けて大量の攻撃が放たれる。

それも手練《てだ》ればかりのようだ。

俺の進むスピードまで読んだうえで、黒い球が打ち込まれている。

近くをかすめただけで、ぞくりとする感覚があったから、闇属性の魔法だろう。

俺はラディアをすぐに発動して、それらを回避していく。

だが、それくらいで諦める相手ではない。

「タイラー、あれ……！　なんか集まってる！」

黒い球は、俺が回避したその先で交わり、さらに一つの大きな塊を作っている。

それは見る見るうちに膨張していき、弾け飛んだ。

稲妻《いなずま》のような黒い閃光が、こちらを貫く勢いで発せられる。

読めていたからと言って、それだけの大技となれば回避は間に合いそうになかった。

そして、他の技の片手間で作り出すライトニングベールでは防ぎきれない。

そう判断した俺は、ホライゾナルクラウドも幻影魔法も解除して、空中にライトニングベールを箱状に展開する。

その中にこもってやり過ごすことにした。

ベールが軋むほどの威力だ。直接身体に当たってもいないのに、心臓がびくりと跳ねて寒気がする。

一瞬恐れのようなもので身体の自由が利かなくなったのは、間違いなく闇属性の魔力にあてられたからだろう。

「当たったら、面倒だな……サクラが言ってた精神系の攻撃かもしれない」

「それって、タイラーがいつか使ってたナイトメアみたいな？」

「まぁそんなところだな」

俺も闇属性魔法について多くを知っているわけじゃない。

かつて滅んだ種族とされていたため、彼らの魔法について扱っている書籍は必然的に少ない。自分も多用してきたわけではないので、技自体もほんの少ししか知らない。

だが、魔族が使う魔法とは、やはり似て非なるものらしい。

魔族に力を与えられたテンバス家長男のエイベル、そしてその配下・ガブリアス。

そして、魔族であるガイアや、フェリシー。

彼らの使う魔法もたしかに、ぞっとするような感覚はあったが、精神に異常をきたすようなものはなかった。

……まぁ、なんにしても言えることは一つだ。

「絶対に当たらない方がいいな、あの攻撃」

当たった時の影響が分からない以上、うかつに食らうべきではない。

そうなると、すべての攻撃を避けつつ相手を倒すしかないが……

雪に紛れている敵の人数も分からない状況で、それは至難《しなん》の業《わざ》だ。

一人で戦っていたら、かなり厳しかっただろう。

だが、俺には心強い味方がいる。

「アリアナ、あの連中の対処は任せていいか？　動きながら、見えない相手を狙うことになるから、かなり難しいけど……」

「ふふ、任せてよ。タイラーは避けるのに専念してくれていいわ。特訓の成果見せちゃうんだから！」

アリアナはそう言うと、矢じりが尖《とが》っていない対人用の矢を複数本まとめて弓に番える。

驚いたことに、どうやら一気に片をつける気でいるらしい。

本人がその気なら、わざわざ水を差す必要はあるまい。

俺は、彼女が呼吸を整えるのを待つ。

「いつでもいけるわよ、私は」

その言葉を聞いた俺は、再びホライゾナルクラウドを作り出した。

ライトニングベールを解除して移動を開始する。

俺の後ろで、アリアナは足を投げ出して座り込む。

「ね、タイラー。ちょっともたれるね」

まず、俺に背中に肩を預けてきた。

一瞬、胸がどきりと鳴るが、気にせず避けるのに専念する。

きりきりと弓が引かれる音が聞こえてきた。

背中で感じるだけで分かるくらい、その矢に込められた魔力は大きい。

当たれば戦闘不能に追い込めるだけの力は十分にありそうだ。

あとは、どうやって当てるか。

俺は、飛び交う敵の攻撃を避けながら、アリアナが矢を放つのを待つ。

だが、狙いがなかなか定まらないらしく、溜めの状態が長く続いている。

魔力はもう限界まで矢に込められているだろうに。

このままでは、魔力が漏れ出てしまいかねない。

俺もサポートに回った方がよさそうだ。

黒い球が集まって弾けていくのを一度しのいだ。

幸い、ホライゾナルクラウドだけにほとんどの魔力を集中できていたし、多少敵に近づいてもラディアとの組み合わせで回避できる自信があった。

飛行する高度をぐんぐん落として、同時に敵の方へ近づくと——

「……空へ響け水の十重奏《じゅうじゅうそう》、『デクテットシャフト』!!」

アリアナがついに魔法を唱えた。

ちょうど彼女が狙っていたタイミングだったらしい。

矢が地面へ向けて一斉に放たれる。

普通なら空気の抵抗に負けて軌道を変えるところだが、彼女の溜め込んだ魔力から放たれた水流に導かれて、矢はいくつかに分岐《ぶんき》した。

狙いは的確だったようで、敵から放たれた闇属性魔法の黒球と正面からかち合っている。

大きな魔力同士がぶつかり合う。

衝突で発生した突風は、ホライゾナルクラウドを揺らすほどの勢いであった。

突風の影響を受けて振り落とされないよう、俺は再び高度を上げる。

移動しながら目を凝らして敵の方を見ると、アリアナの放った矢のすべてが敵の魔法を打ち砕いていた。

「やった!!　やったよ、タイラー!!　私、倒した!!　あの分なら、敵の軍勢もしばらく伸びてるはずよ」

彼女は快哉《かいさい》をあげ、勢いよく後ろへ倒れ込む。

その後、黒い玉が飛んでこなくなったことから察するに、どうやら本当に撃退に成功したらしかった。

あのレベルの精度、そして威力の攻撃は相当な実力がなければ、なしえない。

「あぁ、すげぇよ、まじで。あれだけの敵をこの速さで片付けるなんて。奴らの場所、どう特定したんだ？」

「魔法が放たれる瞬間だけは、その魔力が放出されるから絶対に分かるの。だから、そのタイミングを待ってたの」

「……そういうことか。全員分把握するなんて、すごい集中力だな」

「まぁね。でも、タイラーの特訓のおかげも大きいわよ。さっきの闇属性魔法だって、タイラーのライトニングベールよりは全然硬くなかったもの。今だって、ぎりぎりまで高度を下げてくれたから、狙えたわけだし」

「いいや、アリアナが攻撃役を担ってくれたおかげだって。俺だけじゃ絶対に無理だった」

アリアナはそこで起き上がり、俺を後ろから覗き込んでくる。

「じゃあまぁ二人のコンビネーションってことで！」

いたずらっぽい笑みとともに伸ばされた手に、俺はふっと笑う。

それから軽くその手を叩き、ピュリュへと向けて再びスピードを上げたのであった。


邪魔をする敵を退けたら、あっという間にピュリュに到着した。

俺たちはホライゾナルクラウドの使用をやめ、地面へと降り立つ。

幻影魔法で姿を隠したまま、町の様子を窺う。

この間、俺たちが宿泊していた屋敷の周りの警備が明らかに厳重になっていた。

どうやらこの場所を拠点としているのは間違いなさそうだ。

「どうやって入る？　また派手に暴れる？　私、準備できてるわよ」

アリアナは俺の耳元でそう囁く。

だが、やる気満々なのはいいが魔力を無駄に消耗《しょうもう》するのは避けたい。

この先に魔族がいる可能性が高い以上、なるべく温存した方がいいだろう。

そうなれば、取れる方法は限られてくる。

「アリアナ、俺に抱えさせてもらってもいいか？　幻影魔法と『神速』を使って中に潜入する」

俺はそう言って三階建ての屋敷の最上階にあるバルコニーを指さした。

「さっき飛んでいた時みたいにばれないかな⁉」

「そこは心配ないよ。今回は、ほんの一瞬で済む話だからな。気づかれないと思う」

「それなら……まぁ」

アリアナが首を縦に振ってくれる。

そこで俺は、少し腰を屈めて彼女の背中と足を掬うように抱え上げた。

「わ……その、お、重くない……？」

ふいっと顔を逸らしつつ尋ねるアリアナの言葉に、俺は首を横に振った。

「いいや、全然。むしろこんな細い身体から、さっきみたいな大技が出てきたことにびっくりしてる」

「……そ、そっか。って、それ胸がないってことじゃ……」

「考えてもないよ、そんなこと」

頭の中にあったのは、いわゆる『お姫様抱っこ』をしていることに対する照れだった。

そんなことを考えているような状況でもない、と俺はすぐに頭を横に振った。

「とにかく、行くぞ」

気を取り直した俺は少し膝を曲げて、足裏に魔力の流れを集める。

そして、一気に足を伸ばして地面を蹴る。

魔力を風に変換して浮き上がると、空中でどうにか姿勢を整えた。

足裏から起こした風により身体を軽く浮かせて、バルコニーに向かう。

着地の時に再び少しだけ風属性魔法を使って安定させると、音が立たぬように降り立った。

上から警備兵らを見るが、気づかれてはいないようだ。

ふと、ガイアの言っていた気配を消す方法の話を思い出す。

もしかすると、今みたいに瞬間的に魔法出力を高めるのがコツだったのかもしれない。

俺はついさっきの感覚を思い返しながら、まずはアリアナを下ろす。

それから中へ潜入するが、そこに警備兵はいなかった。

まさか内部に入られるとは思ってもいないのかもしれない。

俺とアリアナが慎重に進んでいくと、少し先にある部屋——もともとノラ王女が使っていた大部屋から、なにやら声が聞こえてきた。

そちらに近づいていき、廊下の角で息を潜める。

徐々に言い争っているようなやりとりがはっきり聞こえてきた。

「テティス、お前のやり方は多くの人を巻き込みすぎる。無益な殺生《せっしょう》は避けた方がいい。闇属性の種族や式典の来訪者まで巻き込むのは、話が違うんじゃないか」

「うるさい男だねぇ、ウラノスは。今さら言ったって遅いでしょ。式典が混乱している今だからこそ、誰にも邪魔されずに主上を完全な状態で復活させられる。必要な犠牲よ」

やはり、あの襲撃の裏に別の目的があると見たのは間違いなかったらしい。

そして、ウラノスと名乗るあの男もやはり魔族だったようだ。

テティスが言っている主上という名前は、ガイアからも聞いたことがある。

おそらく彼ら魔族のトップなのだろう。

騒ぎに乗じて、その主上を復活させようというのが、こいつらの目的だったのか。

テティスとウラノスと呼び合う二人は、なおも言い争いを続ける。

「ま、あのネックレスが吸っていた大量の魔力でも、まだ主上の復活に足りていないのは予想外だったけど……その辺にいる闇属性の連中を生贄にすれば問題ないかな。そしたらテティスは主上に認められて、大昇進間違いなし。だからさぁ、もう同じ立場だと思わないでもらえる？　うざいから」

「……お前が昇進するからこそ忠告しているんだ。上に立つ者はその影響を考えて――」

「あー、もう！　うるさい、うるさい!!　あんたは、真面目すぎるの、うざすぎ。いいでしょ、どうせ最終的には全部葬《ほうむ》るんだから」

テティスの名前と特徴は、マリから事前に聞いていていた。

金切り声で吠えている彼女が、海を司る魔族のテティスか。マリの説明にあった特徴と合致している。

話しぶりからするに、一緒にいるウラノスも同等クラスの魔族のようだが、そちらはどんな力を持っているか未知数だ。

なんにしても、いい状況とは言えなかった。

少なく見積もっても、ガイアと同じレベルの敵が二人。

まとめて相手するのはなかなか難しそうだ。

俺は一度引き返そうと、アリアナの手を引こうとする。

だが、そこで姿が見えないはずの俺たちの方を向いて、テティスが叫ぶ。

「うざいといえば、そこのネズミちゃんもねぇ!!」

気配で勘づかれていたらしい。

扉を粉砕する勢いで、部屋から濁流《だくりゅう》が一気に押し寄せてきた。

幻影魔法で隠れてやり過ごすのは、もはや不可能。

俺はすぐに魔法を解除して刀を抜いた。

「ライトニングベール」

廊下に壁を設けて濁流を堰《せ》き止《と》めると、アリアナが慌てた声を出す。

「タ、タイラー……！　どうするの」

「とりあえず、ここから一旦離れるぞ」

アリアナの手を引き、急いで屋敷を出ようとするが、その前にベールが壊されてしまった。

思った以上に速い。

「『アブソリュートアイス』……！」

俺は次の手として、濁流を凍らせにかかる。

水の進行は食い止められたが、その先でテティスがこちらを見下ろしていた。

足は地面についておらず、宙に浮いている。

「へぇ、面白い。テティスの大波を食い止めるなんて。決めた、こいつで遊ぶ。邪魔しないでね、ウラノス。あんたに任せてもいいかなと思ってたけど……ちょうど退屈してたから、暴れたい気分なのよね」

もう一人の魔族に言うと、テティスが舌なめずりをした。

「……ってか、あんた。タイラー・ソリスじゃん。それに、パーティの女も。へぇ、思ったより到着が早かったのね。歓迎してあげる」

「俺の名前、知ってるんだな」

「もっちろんよ。なんせ、あの陰険男……ガイアを倒したんでしょ、あんたは。こっちの世界では結構、目をつけられてんのよ」

テティスという女は長い灰色の髪をうっとうしそうにかき上げる。

「ま、どうでもいいけど！」

ひらりとマントを上げたと思えば、そのマントの先から、輪っか状になった水の波動が高速で放たれた。

すさまじい威力の水が、連続して放たれる。

俺はライトニングベールを使って避けようとするが、またしても砕かれてしまった。

続いてアリアナめがけて飛んできた水の輪を、俺は逆さに構えた刀で受け止めようとする。

しかし、両脇腹に波動が当たり、そこから勢いよく血が噴き出した。

「ぐっ……!!」

もはや水とは思えない切れ味の鋭さだ。

かなりの痛みに体勢を崩しかけるが、俺はどうにか持ちこたえて、刀を強く握り直した。

「タ、タイラー……!!」

アリアナが震えた声で言う。

俺は「大丈夫だ」と短く応えて、再び戦闘態勢に入ろうとする。

その際、ちらりと後ろを振り返ると、そこではアリアナが内股《うちまた》になり、わなわなと震えていた。

弓に番えた矢を放とうとしていたが、その矢が手から落ちる。

「私もいける、いける、戦う、戦える……!」

強気な言葉を発するが、どう見ても今のアリアナを戦わせるのは危険だ。

テティスの圧倒的強さを前に、身体の自由は利いておらず、かつ顔からは生気が消えて青白い。

「へぇ、面白いお嬢ちゃん。絶望に落としたくって、うずうずしてきちゃう」

テティスは、かなり恐ろしい思考をしているらしい。

舌なめずりをして再び、同じ水の波動を放ってくる。

そこで俺はひとまず刀をしまい、アリアナを抱えて後ろへ向かって走り出した。

切れた腹が痛むが、気にしてはいられない。

俺は力をふり絞り、ライトニングベールを何枚も展開して水の波動を凌ぎながら、中庭へと飛び出た。

屋敷の外に出ると、警備している敵に囲まれて逃げられなくなる。

俺はそう判断した。

一瞬の目くらましのため、地面を隆起させて土壁を作り出す。その一方で幻影魔法をかけてから、彼女を下ろした。

「なんとかする。だから、隠れていてくれ」

俺はセラフィーノらが使っていた小屋の方を指さして言う。

「絶対、俺が倒すから」

アリアナは俺の投げかけには応えずに、うつろな目でこちらを見上げた。

まだ、正気を取り戻せてはいないようだったが、その背中を押すと、なんとか小屋へと走り出してくれた。

彼女が逃げられたかを確認する暇もなく、頭上から先ほどと同じ波動が襲い来る。

「アブソリュートアイス!!」

俺は刀を抜き、水の波動を気合だけで凍り付かせていく。

その後、三階へと再度飛んで戻った。

これでアリアナからは目を逸らせたはずだ。

しかしそんな俺の目論見を、テティスが嘲笑《あざわら》う

「へぇ、よっぽど大事みたいね、あの子猫のことが」

「……だったらなんだ。壊したいとでも？　絶対にさせない」

「あー怖い怖い。ってか、きざなこと言う男って嫌いなのよねぇ」

息つく暇もなく、廊下の両側から濁流が流れ込んでくる。

溢れんばかりの水量と勢いは、一見避けられないように見えた。

しかも相手は水の中でも自由に動けるという不利な状況。

だが、俺が狙っていたのはこのチャンスだった。

濁流が俺自身を呑み込む数秒前、俺は飛び上がって天井を丸く切り落とすと、屋根の上に移動する。

それから渾身《こんしん》の力を込めて、部屋に下りながら魔法を発動する。

「『ボルテックブルーム』!!」

師匠たるランディさんから教わった、雷属性魔法の奥義だ。

それは、あらゆる雷属性魔法を一斉に放ち、雷属性の威力を最大化した技。

俺は波の先に刀を刺して、その技を流し込む。

水属性に対して、雷は相性がいい。

いくら大量の水とはいえ、これだけの雷を流せば本体にも届くはずだ。

湖を干上がらせたいつかの時のように、一気に水が蒸発していった。

「きぃやぁぁぁ!!」

効果があったようだ。

水によりくぐもったテティスの断末魔の叫びが聞こえてくる。

どうにか倒せたか……？

俺は手応えの不確かなまま、屋根の上に戻った。

とてつもない疲労感だ。

そのまま屋根に崩れ込んでいきそうになったところで、嫌な予感が背筋《せすじ》を駆け上がる。

俺がその場から飛びのくと、さっきまでいたところがあっという間に崩れた。

そして、そこからテティスが現れる。

俺は思わず目を見開く。

百歩譲って、倒せなかったのはいい。

だが、それどころか傷一つないのだ、この女は。

息切れする俺とは対称的に、テティスは余裕綽々《よゆうしゃくしゃく》といった様子で、にたりと笑う。

「終わった、とでも思ったでしょ？　色男さん。まぁ、少し前までなら本当にやられてたかもなぁ。

ほんと、えぐすぎ。あんた、ルール違反でしょ」

「……それはお前の方だろ。いったいどうやって」

「テティスの計画に協力してくれたお礼に教えてあげる。王女様がくれたこれのおかげね。ただの氷みたいな石だと思ってたでしょ。残念、この魔石はねぇ、王族の血に反応して大量の魔力を吸い込む仕様になってるの。あんたの技もこれで無効にしたってわけ」

テティスがそう言って見せてきたのは、いつか不溶輝石で作ったネックレスだ。

「……そんな話知らないぞ」

「そりゃまぁ？　この話は、闇属性の一族の中でもほんの一握りの人間だけに語り継がれてきた話だからね。この魔石は魔力を吸い込み、それを溜めておくことができる超貴重かつ超有用な石。それを用いた武器は、戦争においてサンタナ王家側を優位にしたって言い伝えもあるわ」

「そんな秘密が……」

テティスは、手元でネックレスを弄《もてあそ》びながら続ける。

「だからこそ、サンタナ王家はこの魔石の持つ力を恐れていた。それで、わざわざ都《みやこ》から離れたダンジョンの奥深くに封印したらしいわ。それを闇属性の一族が祭知したみたいね」

「……封印すれば、誰も触れる機会がないから争いは起きない。そんなふうに考えたんだろうな」

「強いだけじゃなくて頭もいいじゃん。ま、そういうこと。ラッキーだったなぁ、本当は王女を攫《さら》うか殺すかして、この魔石を取りに行くつもりだったのに、それを王女様自身が持ってるんだもの。まさに鴨《かも》が葱《ねぎ》を背負って来たってわけ。不思議なのは、どうやってこの魔石を王女様が手に入れたのか、だけど」

テティスはなおも饒舌《じょうぜつ》に続ける。

「あの魔石を取り込んだモンスターは、王家の魔力でなければ倒せないように古代の封印術がされてたはず。まさか王女が自分で倒したの？　そこんとこ、王女の周りにいたあんたなら、なにか知ってるんじゃない？」

俺は、そこではっとする。

そういえば、あの氷の龍と対した時、俺の火属性魔法のブラストスラッシュはほとんど効果がなかった。

そこで俺は、マリとアリアナの魔力をもらったのだ。

あの時は、相性のいいメルトヒートを使ったからだと思っていたが、王家の人間であるマリの魔力を使用していたからだったのか。

まさかの事実に気付いて俺は内心驚くが、テティスにそれをいちいち話す必要はない。

「いいや」

俺は知らないふりを決め込んだ。

「こっちはいっぱい話したのに、そういう態度とるわけ？　むかつくんですけど？」

苛立ったのか、テティスの歯ぎしりが始まる。

だが、それは割とすぐに収まり、彼女は邪悪な笑みを見せた。

「まぁ、今回は許してあげる。あんたがくれた魔力のおかげで、主上は復活できそうだしねぇ。じゃ、一旦テティスは退散するかな。また後で会いましょう。その時は焼け野原になったヴィティでね」

身体の周りに水のしぶきを纏うと、彼女はその場から姿を消した。

気配も完全になくなっているから、どこかに隠れたというわけでもないらしい。

俺はしばらくその場に立ち尽くす。

その後すぐに、腹の傷の痛みを思い出した。

手で押さえつつ痛感していたのは、どうしようもないくらいの実力差だ。

ネックレスの効果があったとはいえ、圧倒されたと言っていい。もし、あのままテティスと戦い続けていたら、今頃もっとぼろぼろになっていたかもしれない。

俺はひとまずキューちゃんを召喚する。

奥義を放つのに魔力を使いすぎて、呼び出すのがぎりぎりだった。

「ご主人様⁉　また、大怪我⁉　それに、息が荒いですが……」

飛び出てきた彼女は猫の姿で、すぐにしっぽをぴんと立てる。

「なんだか、とってもそそります！　ごちそうを前にした気分！」

「……おいおい」

「冗談ですよ、なんだか落ち込んだ雰囲気だったので和ませてみたんです。でも、本当になんでこんなことに？」

「悪い、ちょっと色々あってな……ぐっ」

「もういいです、喋らないでください！　ボクが愛の力ですぐに治しますから」

「悪い。でも、まだ人化はしないでくれ。行かなきゃならないところがあるんだ」

キューちゃんは俺の頼みを聞き入れて、ぴょんと肩に飛び乗る。

身体にしっぽを巻き付けてもらい、治療を受けながら向かったのは、アリアナの隠れている庭の小屋だ。

いくら一度引き下がってくれたとはいえ、テティスがいつ戻ってくるかも分からない。

それにこの屋敷にはまだ他に一人、魔族がいるのだ。早いところ、ここを出なくてはならない。

扉を開けると、アリアナは膝を抱えて丸まっていた。

まだ立ち直れてはいないようで、その顔は青白い。

「アリアナ！　すぐにここを出るぞ。テティスはどこかへ行ったが、いつ戻ってくるかわからない」

「……タイラー、それにキューちゃん」

アリアナは声も弱々しく、いまだに震えていた。

この様子には、キューちゃんも驚いている。

「身体は問題なさそうですね。じゃあボクにはどうしようもできません」

「そうか……」

キューちゃんはしゅんと耳を倒して落ち込むが、彼女を責められるわけもない。

俺は礼を言い、その召喚を解く。

それから俺はとりあえず動けないままのアリアナを、来た時と同様に抱え上げた。

「おい、さっきテティス様と戦っていた侵入者がまだこのあたりにいるぞ！」

そんな警備兵たちの会話を背中で聞きつつ、神速と幻影魔法を駆使して屋敷から抜け出すと、すぐ近くの森までどうにか逃げ込んだ。

まだ茫然自失《ぼうぜんじしつ》状態のアリアナをおぶって雪を踏みしめながら歩いていると、彼女がぼそりと言う。

「ごめん。私が足を引っ張ったせいだ。私がもっと強かったら、あんなことにはならなかったのに。ごめん」

その青息吐息な謝罪に、俺は首を横に振る。

「いいや。どっちにしろ勝てなかった。俺自身の力不足だ。あのまま戦いが続いてたら、確実に負けてた」

言葉にしてみると、ぶわりと悔しさが湧き起こってきて、俺は強く唇を噛む。

それとともに、無力感が襲って来る。

あのままあいつらを野放しにしていたら、大変なことになる。

テティスは、ヴィティの街を焼き払うなどと言っていた。

それがもし本当に行われるのだとすれば、大きな被害になる。

マリやサクラ、エチカにフェリシー、ノラ王女だって巻き込まれてしまう。

食い止めなければならない。

そうは思うのだけれど、気持ちを強く保てない。

今俺にできるのは、敵から逃げるために歩を進めることだけだ。

「情けない。そんなものか」

その時、頭上から声が響いた。

この声は聞き覚えがある。

テティスと一緒にいたもう一人の魔族・ウラノスだ。

俺はすぐに神速を使って逃げようとするのだけれど、力が入らない。

魔力が完全に切れてしまったのかもしれない。

雪の中、アリアナを背負ったまま、前に倒れ込む。

「タイラー……!?」

上から聞こえる彼女の声が遠ざかっていく。

起きて戦わねばならないのに力が入らない。絶望的な状況だった。

俺が遠ざかる意識にどうにか抗《あらが》おうと試みていると、身体の中に魔力が一気に流れ込んできた。

すさまじい勢いで、それは身体を巡り、手足に力が戻ってくる。

わけがわからなかったが、俺はとりあえず起き上がり、アリアナを抱えて声がした方から距離を取る。

「ひどいもんだ、助けてやったのに礼もなし。親の顔が見てみたいな」

ウラノスは今回も、黒のローブを着ていた。深くフードを被っていて、その顔は見えない。

分かるのは、どうやら俺がウラノスによって魔力を回復させられたということだけだ。

「なんのつもりだ？　俺をどうしたい？」

前にこの屋敷で出会った時も、そう。なぜあんな忠告をしたのか。とにかくこの男の言動は不可解だ。

「そうだな。強いて言うなら、戦いたい。それだけだ。その娘を安全な場所まで連れていけ」

この発言も、わけが分からない。敵ならば、俺が弱っているところをひと思いにやればよかったのだ。

俺はウラノスの発言の真意をはかるべく、彼を見つめる。

だが、その感情は掴めない。

ならば、気が変わらないうちに、戦った方がいい。

今の俺たちの生殺与奪《せいさつよだつ》の権は、目の前の魔族に握られているのだから。

俺はフードの魔族が言う通り、アリアナを少し離れた位置まで連れていく。

「タイラー、やだ……また怪我するんじゃ……」

「仕方ないだろ。どのみち逃げられない。覚悟の上だ」

彼女を雪の上に下ろして、俺は元の位置まで戻る。

合図もなく、ウラノスは攻撃をしかけてきた。

その得物は珍しく刀だった。

この国ではほとんどの人が剣を使っているから、刀相手に戦ったことはこれまでほとんどなかった。

俺がまず神速で後ろに下がろうとするが、ウラノスも同じような魔法を使って、先回りしてきた。

あっという間にウラノスに背後を取られる。

やはり、速い。それに、魔力の流れが掴み切れない。

そう思っていたら、ウラノスがその腕に大きな炎を宿した。

それから炎を刀へ伝えて、一気に俺の懐に入り込んでくる。

俺はその一太刀をどうにか刀で受け止めるが、重かった。
俺は後ろへ押しやられる。
それを好機と見たか、ウラノスが次々に剣を振ってくる。
俺はその一撃一撃を刀で受け止める。
反撃に出ようとしたところで、ふっと相手の力が緩んだ。
勢い余って前に出た俺の腹に、重たい一撃が入る。
「くっ……！」
踏ん張りが利かない。俺は瞬く間に雪の壁まで飛ばされて、そこに背中を打ちつける。
だが、出血はしていない。峰打ちだったようだ。
殺すつもりはないということだろうか。
「どうした、そんなものか？」
「……いいや、まだまだだ」
俺は疑問を抱きつつも、再度ウラノスと刀を交える。
そんな中、身体は懐かしい感覚になっていた。
たしかに強い相手だが、どういうわけか身体が勝手に反応できる。
なぜなら、この太刀筋《たちすじ》、そして、緩急のよく効いた攻め方に見覚えがあったからだ。
というか、俺が立てている仮説の相手そのものとしか思っていない。
間違えようがない。

そして、この仮説が正しいなら、ウラノスが前に俺へわざわざ忠告してきた件も、この戦いの前に魔力をあえて回復させた件も、どちらも説明がつく。

俺は一度刀を強く振り、その勢いでウラノスから離れた。

「親父……なのか？」

俺はすかさず尋ねる。

ウラノスはすぐに返事はしなかった。

その代わりに、指を一つ鳴らして、あたり一帯を黒いドームで覆った。

「これで外部から見えることも聞こえることもなくなる」

そして彼はフードを脱いだ。

俺とエチカの髪色を混ぜ合わせたような灰色がかった茶色の髪に、口と顎《あご》に蓄えたひげ。唇の片端だけを上げる笑い方。

なにからなにまで、かつての親父の姿そのものであった。

「はは、気づかれてしまったか。さすがは俺の息子だ。まぁ、お前には何度も稽古《けいこ》をつけたからな」

改めて聞けば、声も親父そのものだ。

「親父が、魔族……」

「その通り。今は、ウラノス。空を司る魔族をやっている。まぁ単に、色々な魔法が使えるところから連想して名付けられただけなんだがな。特殊な魔法といえば、魔力を分け与えられるくらいか。

どんな相手の魔力でも一気に回復させられる」

親父が魔族になっている可能性があることは、前にガイアに教えてもらった情報から考えていた。

だが、いざ本当に魔族になっている姿を見ると、どうしても信じがたくて、俺は言葉を失う。

俺の反応を見て、親父がコキコキと首を鳴らした。

「思ったより驚かないなぁ。まぁ、仲間に魔族がいるお前なら気にならないか」

「そんなことまで知ってるんだな」

「そりゃあ息子のことは気になるからな。報告くらいは聞いていたよ。それに、魔族側からしても大事《おおごと》だったんだぞ。裏切って処分された魔族が人から魔力をもらって生き延びるなんて、前例がない」

親父はそこでくすりと笑う。

「報告を受けた時、お前ならありえない話じゃないと思ったよ、俺はね……ところで、気になるんじゃないか？　魔族になった経緯」

「そりゃ知りたいけど……そんなことペラペラと話していいのかよ」

一応、立場的には敵対関係にあるはずだ。

俺がそう突き放すと、親父は再び刀を俺へ向けて振るってくる。

油断していたから、腹に思いっきり一撃を食らって、俺は雪壁へと飛ばされる。

「じゃあ、戦いながら話そうか。これなら満足だろう」

実際、そこに容赦《ようしゃ》はなかった。

魔法を使っていないとしても、親父の場合は刀だけでも達人クラスだ。

俺はそれに辛うじて応じるが、すぐに吹き飛ばされた。

一方の親父は、まだ余裕があるのか、ゆっくりと口を開いた。

「俺がミネイシティの超上級ダンジョンで倒れたのは本当のことだ。さっきお前が戦ったテティスに負けた。あいつは、俺が強力なモンスターを倒して弱っているところに、急に襲いかかってきた。そこで俺はその時の仲間をかばって死んだ。そして蘇《よみがえ》らされた。その原理は聞いているんじゃないのか」

たしか、強い魂《たましい》に魔族が力を与えることで蘇る——と、ガイアが言っていた気がする。

「普通、魔族に転生したら前世の記憶はおぼろげなものになる。だが、俺は覚えていた。もしかしたら、俺が強かったからかもしれないな。記憶があることは周りに隠していた。そうすれば、魔族の内側に留まりつつ情報を得られて、こいつらを内部から倒すこともできるかもしれないだろ？」

そうして数年、親父は魔族として様々な活動を行ったらしい。

「その過程で、ダンジョンが新たな魔族を作る魂を刈り取る場として使われているのを知った。俺も命じられたことがある」

時には破壊行為にも加担したそうだ。

しかし、どうにか民には被害を出さぬようにしつつ、任務を達成していったとのことだった。

「そんな折だ。魔族が傀儡《かいらい》にしていたテンバスが、敗北したと聞いた。他ならぬ、お前の手でな。運命以外のなにものでもないと思ったよ。タイラーなら魔族の企みを阻止できる、そう確信したもんだ。俺の読みは当たり、いよいよガイアまでやられた。そこで魔族の連中は、俺とタイラーを戦わせようとしたんだ。奴らは、俺に前世の記憶がないと思っているからな。だから親子で戦わせて、タイラーを倒させようとしたんだろう。お前は、俺相手に本気で戦えない」

返す言葉もなかった。

もし単なる敵だと思っていたら、もう少しはまともに立ち回れたかもしれない。

だが、どうしても遠慮してしまう。

起き上がろうとした俺の方に、親父は素早く突っ込んできて、刀を振りかぶる。

俺はその刀を受け止めて、つばぜり合いの状態になった。

じりじりと雪壁の側まで追い詰めると、親父が俺を突き飛ばす。

体勢が崩されたところに斜めから刀が入り、俺は地面へと倒れ込む。

「……それが俺の弱さだと？」

「いーや。むしろ美徳だと俺は思う。タイラー、お前の弱さは別にある」

そう言うと親父は、地面に這いつくばる俺に刀の先を向ける。

「立て。最後の稽古をつけてやる」

そして、こう宣言した。

四章　すべてを守るために

そこからの親父による攻撃は、より苛烈《かれつ》なものになっていった。

勢い、強さともに容赦がない。

今度は魔法も交えて、攻撃を繰り出してくる。

次に放たれたのは、水属性魔法によって作られた水龍による攻撃だ。俺はさっきのテティスに対した時と同様、氷属性の魔法で固めて応じる。

「俺以上の属性を扱えるようになるなんてなぁ、我が息子ながらに恐ろしいよ。才能の塊ってわけだな。ただ、まだ俺にも勝ち目はありそうだが」

親父が再び水で龍を作り出し、俺を目がけて放つ。

俺はそれをぎりぎりのところで避ける。

すぐに再度攻撃が来ると思ったのだけれど、親父の狙いは別だった。

「おい、やめろ……！　そっちは」

その龍が向かっていったのは俺の後方、アリアナのいるところだ。

今の彼女に避けられるような攻撃じゃない。

俺はすぐにそちらへ走って行こうとするが、そこへ背中から、恐ろしい勢いの濁流に襲われた。

俺はまたしても、雪の中に倒れ込む。

「お前が弱いのは、そこだ、タイラー」

見下ろしてくる親父を、俺はきっと睨み返した。

「……仲間を心配することのどこが弱さなんだ」

「心配な……それ自体はいいさ。だが、タイラー、お前のそれは違う。仲間を信じ切れていないだけだ」

その言葉は痛烈に俺の心を抉《えぐ》った。

これまで食らってきたどの攻撃より痛い。

「さっきテティスと戦った時。お前はアリアナちゃんを庇《かば》ったろう？　だがあれは、本当に必要だったか？　彼女だけでも避けられたんじゃないか？　信じられなかったんだろ」

違う。彼女を守らねばと、とっさに身体が動いてしまっただけだ。

そう抗弁しようとするのだが、それ自体が信じられなかったのと同義かもしれない。

考えてみれば、これまでもそうだった気がする。

格上の相手と戦う時、俺はアリアナやマリを連れていかなかった。

ガイアと対峙《たいじ》した時だって、最初は一人で対処しようとした。

それは、彼女たちの実力では危ないと勝手に判断していたからかもしれない。

まだまだ思い当たることはあった。

彼女らが少しでも困っていたら、俺はすぐに手を貸していた。たとえば、さっきアリアナが高い地点から矢を放つのに苦労していた時だって、彼女に任せると言いながらも俺はそのサポートをした。

本当にアリアナの実力を信じていたなら、ひとまずはなにもせずに見守れたはずだ。

「お前が勝手に心配して怪我をして、それでアリアナちゃんがあんな状態になった。自分のせいだと思ってな」

つい身体から力が抜けてしまう。

親父は、そんな隙を見逃してくれる相手じゃない。親父は俺の刀に強く力をぶつけてくる。

押し負けた結果、俺の刀が雪の中へと放り出された。

そこへ、親父が刀を振り上げる。その刀は峰ではなく、刃の方が向けられている。

「タイラー、油断しすぎじゃないか？　今の俺はお前の敵だぞ。気まぐれでいつお前を殺すかも分からないのに」

見上げた親父の目から、感情は読み取れなかった。

考えてみれば、このままやられるのもありえないことではない。

もしかすると、魔族としての使命を思い出して、気が変わったのかもしれない。

だが焦りからか、ライトニングベールを作ろうにも魔力がうまく扱えない。

そこへ親父の刀が振り下ろされる――その時だった。

一筋《ひとすじ》の水色の線が視界をよぎる。

螺旋状の水を纏った矢が、親父の刀を阻んだ。

「だめ、だめです。タイラーを殺すなんて、たとえタイラーのお父さんだとしても、絶対にだめ！」

それまで休んでいたアリアナが弓を構えながら立ち上がった。

それをひと目見て、親父が刀をしまう。

そしてこちらをゆっくりと見る。

「どうだ、タイラー。お前の守りたい人は、そんなに弱いか？」

俺は驚きつつ、ゆっくりと首を横に振る。

さっきまでのアリアナは、どうしようもないくらい憔悴《しょうすい》していた。

それが今は親父の刀を弾くくらい力強い矢を放っている。

その彼女が弱いわけがない。

弱いのは、そんな彼女を信じ切れなかった俺の方だ。

「そうだろう。じゃあ信じることだ、心の底から。俺はそれができなかった。だから魔族に敗れて、こんなことになっている。もっと仲間を信じられたら、結果は違ったかもしれない。タイラーともエチカとも、もっと一緒にいられたかもしれない」

親父は歯噛《はが》みしながら、心底悔しそうに言う。

経験をもとにしているだけに、とても重みのある言葉だった。

そして、俺もそんな今があった可能性を想像すると、こみ上げてくるものがあった。

「タイラー、お前ならそれを実践できる。俺はそう確信してる。だから、立つんだ」

ここまで親父にはっぱをかけられて、泣いている場合ではない。

俺は立ち上がり、再び刀を拾い上げる。そして、もう一度、正面に刀を構えた。

「……私も、私にも稽古をつけてください」

そこへアリアナが割って入ってきた。

「私も強くなりたいんです。どんな相手でも、怯《おび》えたくない。タイラーに心配されないくらい、タイラーに頼らなくてもいいくらい、強く！」

親父に頭を下げて、彼女はこう頼み込んだ。

俺は予想していなかった彼女の行動に驚く。

だが、彼女が俺の思っている以上に強いことは、さっき十分に分かった。

俺に守られようなんて思ってはいないのだ。

横に立つために、必死になってくれている。そんな思いを勝手に感じ取って、身体が動いていた。

俺も親父に頭を下げる。

そんな俺たちを見て、親父は声を上げて笑った。

「こうして二人が並んでいるのを見ると、小さい頃を思い出すよ。アリアナちゃんも随分大きくなったな。タイラーが世話になるな」

「……えっと、むしろ私が世話になってるくらいです。その、お義父様《とうさま》はもう知ってるのかもしれませんけど、今は一緒に住んでたりしてて……」

「はは、その呼び方をされる日が来るなんてなぁ。アリアナちゃんが義娘《むすめ》かぁ」

なんだか当たり前みたいに言われてるけど、結婚してるわけではないよ……？

でもまぁ、わざわざ訂正することでもないのかもしれない。

親父はたぶん、分かっていて俺をからかったのだ。

目を細めながら、親父が何度か「うんうん」と頷く。

それから、刀を構え直した。

その時にはもう、互いに戦う者の表情になっている。

「いいだろう。二人まとめてかかってくるといい。その代わり、俺の方も手加減はしない、魔族として与えられた力だって使う。いいな？」

俺とアリアナはそれに対して、まっすぐに頷き返した。

俺たちが親父に真っ向から挑むように立つと、稽古が再開された。

初《しょ》っ端《ぱな》から、手加減は一切なかった。

さっき言っていた通り、闇属性魔法の力も使ってくる。

俺の方へと刀を振りかざして突っ込んできたかと思えば、その姿を黒い煙で眩ませた。

「えっ、うそ⁉」

アリアナの矢は、その残った影だけをかすめて外れてしまう。

そこで俺はラディアを使って、親父を捕まえようと試みる。

そして気配を掴んですぐに斬りかかるのだが、その時にはなにもなくなっていた。

「そこじゃないぞ、タイラー」

親父は俺の頭上に飛んでいて、そこから刀を勢いよく振り下ろしてくる。

そこへアリアナが複数本の矢を放ったことで、空中にいた親父の体勢は崩れた。

そのぶん刀の勢いも削《そ》がれていて、事なきを得る。

だが、この勝負はただ優位に立つだけではいけない。

これは稽古だ。なにかを得なければならない。

親父のように、極限まで存在を消すにはどうすればいいか。

考えたうえで、俺は親父の見様見真似を実践した。

接近してから、そこで勢いを緩める。

そこで親父が俺にしたように、相手を前へ引っ張りだそうとするが、うまくいかない。

「そうじゃない、それじゃあただ力が抜けているだけだ。緩急には振れ幅が肝心。百の力をマイナスまで振り切るイメージだ」

俺の打つ手は簡単に見破られてしまった。

アリアナも果敢に攻めるが、なかなかうまくいっていないようだ。

たぶん彼女も同じように緩急を用いた戦い方を身に付けようとしているのだろうが、それがすべて読まれていた。

「ほら、矢は有限だろう。折れていないうちはまた使えばいい」

その矢を拾い直して、アリアナに手渡す余裕さえある。

そこからも俺たちは相談しないまま、親父と相対した。

その方が、このあと待ち受けているだろう戦いには合っている。

言葉で連携を取れるか分からない時に備えて、相談せずに互いのベストな動きをするというのが鍛錬になると感じたのだ。

それからは挑んでは敗れての繰り返しだった。

だが、しばらく戦っているうちに、少しずつ感覚がつかめてきた。

必要なのは魔力をただ放出しないようにするだけではなく、一瞬その流れを一気に堰き止めることだ。

そのために一度身体にぐっと力を入れて、魔力の流れを能動的に一度途切れさせる。

これをうまく使えば——

「そうだ、その要領だ」

ついに効果が現れたのか、親父の不意をついてその肩に刀を入れることもできた。

もちろん峰打ちであるが。

アリアナも要領を掴んだようで、緩急を入れた矢の攻撃は、格段に威力を増していた。

彼女の放った矢を、親父がぎりぎりのところで地面に叩き落とす。

二人ともがそれぞれ攻撃を入れられるようになったので、あとはコンビネーションだ。

だが、言葉でコミュニケーションを取らずにお互いに意思疎通を図ろうとしても、簡単にはうまくいかない。

「ソイルドラゴン……！」

親父が高く跳躍しようとしているところで、俺は土属性魔法を使って地面にうねりを起こす。

足をからめとり、隙が生まれたところへアリアナの矢が当たればいい。

そう思って繰り出した土の龍は、彼女の矢を地面の下へと呑み込む。

どうやら彼女は彼女で、俺の攻撃が入りやすいように親父の足元を狙っていたつもりだったらしい。

そんな考え方のずれは、なかなか埋まらない。

「あんまり考えすぎるな、感じろ、二人とも。かなりの時間、一緒に生きてきただろう？　戦ってきただろ？　その感覚を信じればいい」

そこで、親父の言葉に気づきを得る。

過度に気を遣っていたのかもしれない。

それこそ、本当に相手を信じているのなら、やるべきは自分のベストを尽くすことだ。

水で作ったいくつもの刃を空中に浮かべてこちらへと向けてくる親父の『ウォーターカッター』という技。俺はそれをすべてライトニングベールで防ぐ。

方向転換してアリアナの方へ向かっていく親父に向かって、俺は思いついた方法を実践することとした。

ベールで作った箱をいくつも展開して、親父をその中に捕えようとする。

「ほう、そうくるか。光属性とはまた、面白い魔法を手にしたもんだ」

親父も、ラディアを使えるようで、こちらの策は見抜かれていた。

すぐに察知して、水属性魔法を噴射すると、親父が俊敏《しゅんびん》に逃げ回る。

俺はさっき習得した緩急を使って魔法の発動を気取らせないようにしながら、どうにか中へと閉じ込める。

割られてしまっても、それを何度も繰り返した。

少しでも閉じ込めることさえできれば、雷属性魔法を発動して攻撃するつもりだ。

ベールを強固にしようと、懸命に魔力を注ぎ込み、ついに親父を狭い箱の中に捕らえた。

ここだと思って、雷属性魔法を撃とうとしたその時――

「ピアーシングショット……!!」

高らかな声とともにアリアナの矢が親父めがけて放たれた。

その前には俺のライトニングベールがある。

練習中、一度もアリアナは俺のライトニングベールを破壊することはできなかった。今回も弾かれるだろう。

またしても連携失敗か。

だが、諦めかけた俺の予想を裏切って、アリアナの矢がベールをひずませていた。

練習していた時より一段と出力が上がっていた。

俺が力を緩めるまでもなく、ベールがあっさり割れ、その矢は親父の羽織っていた服の肩あたりを完璧に貫いていた。

そのまま親父の身体が光のベールでできた壁に縫《ぬ》い付《つ》けられる。

親父はしばらく大きく目を見開いた後、刀を地面に落としてからふっと唇の片端を上げて笑う。

「……俺の負けだ。すごいじゃないか、二人とも」

その言葉を聞いて、俺はライトニングベールを解除した。

親父は膝を曲げて地面に華麗に着地すると矢を抜き去った。

しかし、それまで大きなダメージを受けた様子もなかったはずの親父が立ち上がろうとしたところで、後ろへふらりと倒れ込んだ。

今の肩への矢だって致命傷ではないはず……

同時に、俺たちを包んでいた黒いドームが崩壊する。

明らかに親父は弱っていた。

「おい、大丈夫か⁉」

俺もアリアナもすぐに駆け寄る。

すると、仰向《あおむ》けになっていた親父が薄く目を開いた。

その身体は脱力していて、手を取ってみてもまるで鉛のように重い。

この現象は知っていた。

主上とやらからの魔力の供給が切られたことで、命を落としかけていたフェリシーが同じ状態だったのを思い出した。

「なんでいきなり？　さっきまで平気そうだったろ⁉」

「一応、魔族連中にバレないように黒のドームを張ってたんだがな。戦ってる途中で、主上に見つかったらしい。魔力の糸が切られたみたいだ。俺は魔力量がかなり多い方だから、ここまでは問題なく戦えていたんだが……気を抜いたら、このざまだ」

親父は息も絶え絶えに、顔をこちらへ向ける。

その力ない表情に俺は取り乱しかけるが、すぐに対策を思い出した。

フェリシーに使ったあの魔法なら――

「すぐに俺がどうにか――」

親父をテイムするのは躊躇《ためら》われたが、助けることが先決だ。

俺はすぐに『パレントテイム』を発動するために、手に闇属性の魔力纏わせる。

だが、その手は親父によって止められた。

「……どうして。早くしないと死ぬんじゃないのか」

「その通りだ。でも、遠慮するよ。息子にテイムされるなんて御免だからな」

「そんなこと言ってる場合じゃ……」

親父は、さらに付け加える。

「俺はあの小さな魔族の少女とは違う。いくら魔族の計画を潰すために潜入調査していたとはいえ、この手で街一つを壊したこともある。俺の手はもう綺麗じゃない。それにもともと、こうなってもいいと思っていたんだよ。俺は自分の罪を償《つぐな》わなくてはならない」

パレントテイムは、対象が拒んでいる状態では発動しない。

つまりこのままだと親父は――

俺は放心して、親父の手をただただ握る。

「そんな……お義父さんが悪いわけじゃないのに」

親父の顔を覗き込んでいたアリアナの目には涙が浮かんでいた。

俺の幼馴染である彼女にしてみても、親父は親しい間柄だ。

それに、今の今まで稽古をつけてもらっていた相手。

そんな彼女の表情を見ていたら、俺もこらえていた思いが一気にこみ上げてくる。

「なんだよ、また消えるつもりか？　勝手に消えて、勝手に現れて……また消えるのかよ？　なんなんだよ、それ！　ちょっと身勝手すぎるだろ」

つい声を荒らげてしまった。

「はは、まったくその通りだ。昔から出かけてばかり、母親代わりにもなれずに、迷惑な父親だったよな……ごめん、タイラー」

「俺だけじゃねえ。エチカは!?　エチカには会わないのかよ！　あいつは、俺以上にあんたを頼りにしてた。誇りにも思ってた。そんなエチカに顔の一つも見せないのかよ」

「会いたくないわけじゃないさ……でも、遠慮するよ。いなくなったはずの父親が急に帰ってきても困らせるだけだろ。年頃の娘ならなおさらそう思うはずだ」

親父は、こんな時まで茶化すようなことを言う。

少しくらい悲しい表情をすればいいのに。

いつもと同じように笑おうとする親父を、俺は涙をこらえてただただ見つめる。

「エチカは、可愛くなったか？」

「……エチカちゃんは、すっごくすっごく可愛いですよ！　私にとっても、大切な妹です」

「そうか、やっぱりか。なんたって俺と母さんの娘だ」

アリアナがそう言うのに、親父は遠い目をして、高い空を見上げる。

「それを聞けただけで満足だ。死んでなお蘇り、今こうして息子とそのお嫁さんとも話せた。稽古もつけてやれた。もう思い残すことはないよ」

「……だから、違うんだって」

からかいに対しての突っ込みも、どうしても弱くなってしまう。

そんな俺に親父が、弱弱しくもう一方の手を伸ばしてくる。

「二人とも、俺に魔力を回復させてくれ。それくらいしか、もうしてやれそうにない」

「……でも、そんなことしたら残りの魔力量は」

「はは、気にするな。いいんだ、持っていけ。この特訓で二人とも、かなり疲弊《ひへい》しただろ？　そのまま戦ってお前たちが負けたら、魔族の計画を止められなかったことにもなるし、俺としても不本意なんだ。それに、テティスは主上……魔族の主を蘇らせようとしている。もし復活したら、そいつはテティス以上に厄介な敵だ。満身創痍《まんしんそうい》で臨んだって勝ち目はない。だから、ここは受け取ってほしい。このままでも、もって数分の命だ」

俺はその手に触れるのを躊躇った。

親父の言いようからして、それを受け取ったら、こうして喋ることすら……

たとえ数分であっても、俺はもう少し親父と一緒にいたい。そんなふうに思う気持ちはどうしても消しきれなかった。

「最期《さいご》くらい、格好つけさせてくれよ、タイラー。俺はお前を助けてやれる父親でありたいんだ。いいだろ？」

だが、こう頼み込まれてしまったら断れなかった。

どうせ、このままにしていても死ぬなら、親父の最期の願いくらいは聞くべきだ。

それくらいしてやれなければ、親不孝だ。

たしかめるように、俺の方を窺ってくるアリアナに対して、俺は決意を持って首を縦に振った。

二人で、そろそろと親父の手先に触れる。

すると一気に魔力が身体に入り込んできた。

どうやら親父が持つ魔力は特殊なものらしい。

身体の隅々まで、魔力がすぐに行きわたる。それを実感して、ほんの少し後――

親父の手の力がなくなり、俺たちの指をすり抜けて下に落ちる。

旅立ちの時が来てしまったらしかった。

俺は目をつぶる親父の顔を見る。

実に安らかな顔をしていた。

どこか幸せそうにその頬には皺が寄っていて、優しい笑みが浮かんでいた。

そして口角が上がっているのは、やっぱり右の一方だけである。

休日、遅くまで寝ていた時の顔と同じだ。このまま起き出してきそうな気さえする。

そうして、また稽古をつけてくれるのだ。

……が、それはもうない。

その現実を認識して苦しくなる。

親父がダンジョンから帰ってこなくなった時も受け入れるのにはかなり時間がかかったが、こうしていざ死に際を目にすると、喪失感が一気にのしかかってくる。

アリアナは涙をぽとぽとと落としていた。

俺も彼女につられて、思わず涙が浮かぶのだけれど、それでもどうにか耐えた。

「……アリアナ、まだ泣くには早いぞ」

そう、ここで泣いてはいけない。

親父は俺たちにその命に代えて、すべてを託していった。自分が死ぬことを分かっていても、その技術も、魔力も、思いも俺にかけてくれた。

だったら、今俺たちがやるべきは、テティスというあの魔族の暴走を止めることだ。

泣くのは、その死を悲しむのは、その後。

俺の言葉にアリアナは一度鼻をすする。

それから袖で顔を拭う。

「タイラー……そうね、うん。戦いに行こ！　その後でお義父さんのこと、弔《とむら》いにくるから」

「あぁ、もちろんそのつもりだ」

俺たちは決戦に向けてそう誓って、すぐに立ち上がろうとする。

だが、魔力はみなぎるくらいに戻ったとはいえ、この特訓で負った生傷は癒《いや》せていなかった。

身体のあらゆるところが痛んで動けず、俺は先にキューちゃんを呼んだ。

「二人とも、またぼろぼろ⁉」

「悪い、キューちゃん。またやったんだ。治療頼めるか？」

そうして治療を施してもらってから、行動を開始した。


俺たちは相談の末、ピュリュからヴィティへと引き返すことに決めた。

海を司る魔族・テティスが、彼女が俺との戦いの最中、「ヴィティでまた会おう」と言っていたためだ。

今頃テティスは、魔族のトップに君臨する主上という存在をきっとどこかで復活させ終えているはずだ。

本来ならその儀式もピュリュで行われる予定だったのだろうが、俺たちの襲撃によって場所を移動している。

儀式自体をヴィティで行っている可能性もある以上、ここはテティスの言葉を手がかりにするのが堅実なはずだ。

俺はすぐにホライゾナルクラウドを発動した。

「おい、いたぞ、ここだ‼」

だが、そんな俺たちを嗅ぎつけて、さっそく追手がやってきた。

すぐに俺たちを取り囲むが、彼らはざわざわとして、なかなか攻撃を仕掛けてこない。

「あの、ウラノス様が倒れている……⁉」

「まさか、ウラノス様を……」

どうやら親父が倒れているのを見て、衝撃を受けているようだった。

俺はアリアナの手を取って、その隙に逃げ出そうとする。

そのタイミングで追手の一人が声を上げた。

「我々に誰よりもよくしてくれた魔族こそ、ウラノス様だ。その仇《かたき》を討つぞ‼」

結局は、親父の存在が敵の士気を高めてしまった。

親父が慕われていたことはよく分かるが、今この場合においては厄介な話だ。

彼らはそれぞれの武器を手にして、なにやら一斉に詠唱する。

俺たちを囲うように、黒色のドームができあがっていた。さっき親父が使っていたものに似ている。

壁から漏れ出す魔力を少し吸うと、どういうわけかだんだんと不安感が募ってくる。

闇属性の魔力が持つ特質のせいかもしれない。

こんなところに長くいたくはなかった。

「アリアナ、一気に抜けるぞ」

「うん、そのつもりよ」

俺は刀を抜き、天井へ向ける。

そのまま神速の勢いを利用して、風属性魔法を纏わせた刀による突きを放った。

あっさりとドームの天井にぽっかりと穴を開けると、追手たちが驚愕する。

「う、嘘だろ⁉　俺たち二十人がかりで作ったドームをいとも簡単に⁉」

恐れおののく闇属性の連中に、アリアナが追い打ちをかけた。

「夕立のように激しく降り注げ！　ドライビングアロー‼」

彼女が開いた穴から円状に複数の矢を降らせる。

「ぐわぁぁ‼」

その効果は絶大であった。

ドームの壁に魔力を伝えるため、周りを囲っていた追手たちに矢の雨が向かっていく。

一本たりとて外れることはなく、その矢は敵を射抜いていた。

親父との特訓を経て、俺とアリアナの連携がかなり噛み合ってきたようだ。

「やるな、アリアナ」

「でしょ？　お義父さんとの特訓のおかげで上限突破もできたみたいだから、威力も今までより上がったわ」

「……さすが親父だな」

「ううん、タイラーとの特訓もあったからよ。それに、タイラーの力になれる自分になりたいって心の底から強く思えたから。今はレベル60よ！　一気に10も上がっちゃった。そう言えば、タイラーは？」

「俺は今は１２０だな」

「……やっぱり私の二倍じゃん！」

アリアナが明るい雰囲気で接してくれたおかげで、感傷的な気持ちが少し紛れる。

そして今度こそヴィティへ、と動き出そうとしたタイミングで、突然大きく地面が揺れ始めた。

「次から次へ色々起こるなぁ」

「今度はなにかしら……」

「この流れで、自然に起きた地震……ってことはなさそうだな」

となれば、考えられる原因は、主上の復活だ。

もしそうなら、揺れに近いところまで行けば、その主上に接近できる。

もしかしたら、ヴィティへ侵攻する前に叩ける可能性だってある。

「アリアナ、揺れの方へ――」

俺はそう提案したところで、言葉を失った。

それは、俺の視界にとんでもないものが映ったからだ。

ぶわりと、総毛立つ感覚に襲われる。

それは、とにかく大きかった。見上げても頭の先が見えないほどの巨体は、山一つ分ほど。

その身体は真っ黒であり、背中が曲がっていて、手足はやたらと長い。

遠くから見れば、ただの黒い塊だ。その身体全体からは瘴気《しょうき》のようなものが噴き上がっていた。

この感覚からして、魔族の魔力に違いない。

「な、な、なに、あの化け物!! 巨大だし、禍々《まがまが》しすぎない!?」

アリアナが黒い塊を見上げながら驚く。

「……もしかしたら、あれが主上なのかも」

「えぇ、嘘でしょ……あんなのだなんて聞いてないし」

もちろん俺だって予想してなかった。

たぶん魔族側にいた親父も、主上の本来の姿は見たことがなかったのだろう。

もし知っていれば教えてくれたはずだ。

それにしても、おどろおどろしい。

あれとどう戦えばいいのか、見当もつかない。

俺は頭上遥か高くの化け物を見上げる。

「あっはははは、もう少しです、その調子ですよ、主上!」

上からの甲高い声が耳に入った。

声の主は、テティスだ。主上の顔付近を浮遊しながら話しかけている。

「もっと、もっと、捕食すれば、今度こそあなたは完全体となる。今は思う存分、力を蓄えてください。そうすれば――」

その口ぶりからするに、俺の魔力を吸い込んだネックレスをもってしても、完全な状態での復活はできなかったらしい。

不完全な力を与えられて、まだ未熟な姿ということなのだろう。

テティスは化け物を誘導するように、ヴィティへどんどん進んでいく。

突如、化け物が地面に向けて手を下ろした。

恐ろしいことに、その手で地上にいた人間をわし掴みにして、口の中へ放り込む。

断末魔の叫びがその口の奥から響く。

その後も、手当たり次第に人を掴んでは口に運んでいる。

「嘘でしょ……なによ、あれ」

その光景に、俺もアリアナも絶句《ぜっく》した。

あんなふうに人命が奪われるなら、いつまでも様子見をしている場合じゃない。

それに力を蓄えるために人を喰らっているなら、早めに止めなくては。

俺は一人高く飛び上がって、刀に光属性魔法を纏わせた。その一刀で化け物の腕を切り落とす。

手応えはまるでなかったが、スパッと腕が落ちると、その手に掴まれていた人間が降ってきた。

俺はそれをすべてライトニングベールで受け止めて、それから地面へ戻す。

この分なら意外と楽に倒せるんじゃ——

そう思ったが、化け物の腕はすぐに再生してしまった。

そのまま俺に向かって、腕が伸びてくる。

危うく捕まりかけたところを、アリアナが矢を放って阻んでくれた。

またしても化け物の手首が落とされるが、すぐに元通りになるだろう。

「本当の化け物だな、ありゃ」

俺は空中に飛びながら呟く。

そのすぐあとに、俺たちの存在に気付いたテティスが空中から攻撃してきた。

最初に戦った時に散々苦しめられた波動攻撃だ。

俺はそれをラディアを使って避けていく。

「ちょこまかして、ほんとうぜぇ。主上の動きを見て分かったでしょ、もう無駄なの。むーだー！　無敵なんだから、主上は。このまま大量の人を食って魔力を得たら、それで完全体になる。今さら止めようとしても遅いのよ！」

そこで一拍置いて、また波動の攻撃を仕掛ける。

「だから、邪魔すんじゃねぇよ、クソガキ！」

テティスは怒り狂って波動を乱発していた。

しかも高低差によって、俺のもとに来る頃には勢いが増して、まるでナイフが降ってくるような状態だ。

一瞬、アリアナの方が気にかかったが、今の彼女なら問題ないと確信した。

まずは自分自身がテティスの攻撃を避けるのに専念する。

親父との稽古で身につけた、気配の消し方を活かす時だ。

一度、体内の魔力の流れを遮断すると、テティスが放つ攻撃が当たらなくなった。

どうやら、あの波動は魔力に反応するらしい。

それが分かればこっちのものだ。

その後も当たりそうになる直前で、魔力を抑えて回避していく。

避けながら、テティスの水の輪に紛れさせて、こちらからウィンドカッターを放つ。

それをカモフラージュとして、俺は別の魔法を混ぜ込ませていた。

「きぃあああっ!!」

テティスが悲鳴を上げた。

本命で放っていたのは『ボルカタイム』、時間差を利用した雷魔法だ。

しっかり通用したようで、彼女の身体に電気が走り、口から紫色の血が吐き出される。

「へぇ、強くなってるじゃん。そういえば主上を介して知ったけど、ウラノスがあんたに稽古つけてたんだってねぇ。あの裏切者、まさか記憶が完全に残ってたなんて……」

だがテティスもまだ動けるようだ。致命傷には至っていない。

「ま。でも、主上が完全復活を遂げれば、テティスもより強い魔力を授かって、もっと強くなるから。残念でした、ご愁傷様《しゅうしょうさま》!」

彼女はその後も激しい攻撃を放ってくる。

俺もそれを捌《さば》くので限界だ。

化け物の捕食までは止められない。

そこで、アリアナが弓矢を射かける。

再び人を掴んでいた化け物だったが、彼女の矢によって捕食に失敗していた。

「くそが、くそが、くそが!」

その光景を見て、テティスの怒りが全開になる。

俺を足止めすれば、主上の捕食が行えると思ったのだろうが、今は強くなったアリアナがいる。

そう簡単に手出しはさせない。

だが、こっちも侵攻までは止められておらず、どう対処するかと悩んでいた時、化け物が驚きの行動に出た。

その手で掴んだのは、魔族であり仲間であるはずのテティスだった。

アリアナもそこまでは予想していなかったらしく、驚いている。

「な、なにをするのです⁉」

テティスは主上の手の中でもがくが、抵抗空しくそのまま口の中へと放りこまれてしまった。

甲高い叫び声が響くが、やがてそれはやむ。

どうやら、テティスは完全に取り込まれてしまったらしい。

強敵のテティスを共食いしたことはありがたい。

だが、状況は好転しているとは思えない。

そもそも主上の捕食活動は、魔力を手に入れて完全体となるのが目的だ。

あのテティスが取り込まれたとなれば、その目的が達成されていてもおかしくない。

俺は一度、アリアナのもとへ戻る。

「タイラー、あれ、どうなっちゃうの？」

「たぶん、一気にヴィティに侵攻するだろう。どうにか抑えるぞ！」

そう思った俺はホライゾナルクラウドを使い、彼女を乗せて空中へ飛び上がった。

そして主上から少し距離を取り、様子を窺う。

すると、そいつは空へ向かって咆哮した。

『力だ、これが我輩《わがはい》の力』

さっきまでは呻くだけだったが、声を発するようにまでなっていた。

どうやら捕食によって知能レベルまで上がったようだ。

『テティス、感謝をしよう。我輩の生贄となったことを』

さらに、それ以外にも主上の能力は高まっていた。

「は、速いわよ!?」

「あぁ、移動スピードも確実に上がってるな」

地面の揺れが、さらに大きくなっていた。

足元では雪山が削れて、土砂崩れが起きていた。

化け物が吠えたのに合わせて、あたり一帯を吹雪が襲う。

この主上とやらは、自然すらも操れてしまうらしい。

なにより一番最悪なのは……

「タイラー、波音……!!」

「嘘だろ。あんなに高い波まで起こせるってのかよ」

「海を司るテティスの力を取り込んだことも関係あるのかもしれないわね」

港町でもあるヴィティの海を操り、遠くからでも視認できるくらいの波を呼び起こしていた。

その波が街に向かって押し寄せている。

あれが街を襲ったら一息に破壊される。相当な被害が出てしまいかねない。

主上本体を止めるより、まずはあれをどうにかしないと。

俺とアリアナは港の方へ急行した。

ヴィティの街は騒然とはしていたが、式典会場の戦闘は鎮静化されていた。

セラフィーノらはうまくやってくれたらしい。

おそらく他のみんなも無事だろう。

彼女らに渡している防御魔法のお守りが反応していないのを見ても、危機は脱せているはずだ。

だとすると、やはりこの大波の回避は最優先事項だ。

ここで波に呑まれてしまったら、今までの頑張りも水の泡になってしまう。

街の中心部にある式典会場や屋敷を越えて、俺たちは北の端にある港の前に到着する。

俺はライトニングベールで小さな箱を作り、その上に立った。

「……アリアナ、力を貸してくれるか?」

「うん、もちろん！　私の全部、あげるわ」

アリアナはそう言って俺に手を差し出す。

彼女の手を握ると、魔力が身体へ流れ込んでくる。

それを自分の魔力と混ぜてライトニングベールで作ったいびつなブロックを展開していく。

これで、超大きな防波堤《ぼうはてい》を造るというのが俺の考えだった。

それから、最後に波を押し返すため、港一面を覆うように壁を作った。

その範囲は五キロ以上。

どうにか囲い終えたところに、波が襲い掛かる。

俺はひたすらベールに魔力を流し続けて持ちこたえた。

「くっ……！」

自然の脅威《きょうい》そのものだ。

大波の破壊力は凄《すさ》まじく、連続して襲ってきた。

打ち当たる波が、ベールをぎりぎりと軋《きし》ませる。

俺は懸命に魔力を注いで強度を保つが、一部のベールにはひびが入る。

しかし、それでも隣でアリアナが強く指を握ってくれたことで、俺はなんとか耐え抜く。

彼女からの魔力のおかげでひび割れを修復して、しばらくベールを維持していると、波が海の奥へと引いていった。

「とりあえず、なんとかなった……か」

「そうみたいね」

持てる魔力のほとんどを費やした気がする。

俺は息切れしながら、ふらりとライトニングベールで作った箱の上に倒れ込んだ。

アリアナも同じく疲れ切っていたようで、足をペタンと揃えてへたり込んでいた。

だが、戦いはこれでまだ終わりじゃない。

あの化け物をなんとか倒さなければ。

そう思って立ち上がろうとするが、足に力が入らない。

倒れ込んだ先で、アリアナに抱き止められた。

「……ご、ごめん」

彼女の肩の上に顔を乗せたまま、俺は謝る。

「いいのよ、タイラー。あなたは頑張りすぎてるんだから、いつも」

その言葉は甘い響きで耳元に流れ込んできた。それに加えて、彼女の体温と柑橘系《かんきつけい》の爽やかな香り。

それらが張り詰めていた気持ちを無条件に和らげさせてくれた。

アリアナがいてくれる、そんな安心感がざわつく心の波を徐々に抑えていった。

そのまま俺は彼女に抱きしめられる。

その瞬間、どういうわけか、空っぽになっていた力がじわりじわりと湧いてくるのを感じた。

そういえば、いつかの上級ギルド昇格戦の時もこんなことがあったたな。

あの時のアリアナは女神そのものだと思ったけれど、それは今でも変わらないらしい。

抱擁《ほうよう》を解くと、アリアナが照れ臭そうに言う。

「えへへ、こんな空中で抱きしめあっちゃったね。恥ずかしいかも。でも、おかげでなんか元気出てきた！　この分ならもう一回戦えそう」

「……俺もだよ」

「そっか、ならよかった！　少しはタイラーのためになれたかな」

少し、なんてものじゃない。

「なぁ、アリアナ。俺さ――」

「なによ、タイラー」

「いいや、なんでもない。全部が終わったら言うよ」

つい漏れ出しそうになった思いを、俺は一度心の中へとしまう。

ここで言ってしまうより、全て片付いてからの方がいい。

そう思ったのだけれど……

「えー、もう、なにそれ。死亡フラグってやつだよね、完全に！」

アリアナからは文句を言われてしまった。

「だったら、それも壊して勝てばいいよ」

俺はそう返して、主上の方へ目を向ける。

そいつは、すでにヴィティの入口まで来ていた。

『よこせ、もっと、もっと』

声こそ発しているが、口調から察するに知能が少し下がっている気がする。

もしかすると、天候を変えたり大波を起こしたりするのに大量の魔力を消費した結果、また魔力が不足しているのかもしれない。

面倒くさい相手だ。

倒しきらない限りは延々と魔力を求め続け、その欲はたぶん留まることがない。

テティスは、主上を完全体にしようと画策していたが、魔力を使うと戻ってしまう以上、こいつに完全な状態はないのかもしれない。

「タイラー、どうしよう。もう街に入ってきてるよ？」

このままでは、式典会場にたどり着くのも時間の問題だ。

作戦を考えていたところで、足元からセラフィーノの叫び声が聞こえた。

「おいこっちだ。火属性部隊、放て!!」

セラフィーノとその部下たちを格好の餌食《えじき》だと思ったのか、主上が恐ろしい量の水をその口から吐き出して攻撃した。

俺はライトニングベールで彼ら全体を囲って守る。

「うぉぉ、なんだこれ！」

「助かったぜ、まじで……」

どうにか防ぎきることができた。

セラフィーノの部下たちはなにが起こったか分かっていない様子だ。

唯一セラフィーノだけは俺に気づいて一瞥した。

まるで、ここは任せろと言わんばかりの視線だ。

俺はラディアを使って、主上が次なる攻撃に移るのを見守った。

「おいお前ら、ひるむな！　ここで、成果をあげるぞ。水というなら雷だ！　いけ！」

雷属性魔法を使う集団が入れ替わりで前に出た。

主上が両腕に火を纏わせて建物ごと人を薙《な》ぎ払《はら》おうとしたところで、あることに気付いた。

今の技を放つ時に魔力の反応があったのは、右膝付近。

さっき水属性の魔法を使った時には、その反応は左膝付近にあった。

そこで俺は、主上が溜め込んだ各属性の魔力は、身体の各部位にそれぞれ別でまとまっている可能性を考える。

「アリアナ、俺があいつの攻撃を食い止めるから、今から言う場所を矢で狙ってもらってもいいか？」

「……うん！　任せて！」

俺は主上がどうにか捕食をしようと次々に魔法を放つ中、被害を出さないように対処していく。

それからアリアナに、右膝付近めがけて集中的に矢を射るように指示を出した。

しかし、相手も簡単に当てさせてくれるほど甘くない。

主上がこちらへ向かって、大きな火の玉を何度も放ってくる。

視界がオレンジ色に染まるくらいの大きさと勢いだ。

俺はひたすらベールで主上の攻撃を凌ぐ。

今はアリアナに攻撃を任せるべき。彼女が攻撃しやすいように、俺がサポートする場面だ。

アリアナが弓を引き、火の中へと目をこらす。

「ウォータードラゴン！」

そして勢いよく打ち放った。

その矢が火で埋め尽くされていた空間を呑み込むように進み、そのまま主上の右膝付近に突き刺さった。

その瞬間を改めてラディアを使って見ると、身体からオレンジ色のもやのようなものが立ち上っていった。

そこから主上は、どんなに相性が有利な場面でも火属性魔法を使わなくなる。

これで確信を得た。

「タイラー、今の……」

「あぁ、たぶん奪い取った魔力が抜けていったんだ。火と同様に、それぞれの属性の魔力をあちこちにまとめて溜めこんでる。だから――」

「それをすべて壊せば、倒せるわね！」

そこから先は、どこにどの属性の魔力が溜め込まれているかを分析しつつ、それらを壊す戦い方にシフトした。

先ほどの火属性の塊を破壊する時に、相性のいい水属性で攻撃したことから考えて、同じように攻撃した方が効果的だと考えた俺たちは、的確に弱点を突くことにした。

ただ、アリアナは水属性以外の属性は使えないため、俺が矢に魔力を込めて、それをアリアナに放ってもらうという戦法だ。

そのまま、水、風、雷、土と一つずつ壊していく。

残ったのは、闇のみだ。

魔族である以上、種族としての弱点である光属性の魔力は、所持できないと睨んでいた。

だが、ここまで来たところで、主上が恐るべき変化を遂げた。

その腕が途中でいくつにも分化したのである。

「くそ、最後の力ってことか!?」

俺はその行動に対処が少し遅れた。

黒い触手の数本が式典会場の方へ向かっていくのを止め損ねた。

「しまった！」

その先にはノラ王女がいる可能性がある。

彼女が取り込まれたらまずいと思ったが、その先に視線を向けて俺は最悪の想像をやめた。

その捕食に向かった手は途中で土煙に覆われて見えなくなったが、確信があったのだ。

ノラ王女の横にマリがいるのならば、きっと大丈夫だと。

「……あの子！」

「やっぱり頼りになるな、ほんと」

土煙が晴れた後、主上の伸ばした黒い腕は、マリの召喚した精霊・ピュートが噛み千切っているのが見えた。

白蛇が大きな身体を丸めてとぐろを巻くその中に、マリとノラ王女がいる。

マリがこちらに向かって、大きく丸を作った。

アリアナだけじゃない。

彼女も、俺が少し前まで考えていたよりずっと強いのだ。

俺もアリアナもそれを見てくすりと笑った後、再び主上に目を向けた。

ここから最後の仕上げだ。

闇属性の魔力がもっとも強く放たれていたのは胸元だった。

あとはそこに光属性で高威力の攻撃を当てれば、トドメが刺せるはずだ。

俺はその攻撃のためにキューちゃんを召喚する。

「今度ばかりは、もう心得てますよ。すぐに治療に……って、あ！　そっちじゃないですね！　久しぶりの聖剣スタイル、お任せください！」

彼女はその場の状況を見てすぐに察すると、俺の握る刀へ宿った。

「行くぞ、キューちゃん」

「どうぞ、どこへでも！」

俺はその言葉に背中を押されて、ライトニングベールの上から飛び出した。

そして半身になりながら、刀を後ろへ引く。

主上が俺をはたき落そうとしてくるが、そこで俺は親父に教わった魔力の緩急を思い出した。

自然に動きを静止させて、主上の攻撃を外させると、その一瞬の隙を突いて、懐へと飛び込んだ。

『ぐあぁぁぁぁ！』

だが、なかなか刀が刺さらない。

反発が強くて跳ね返される。刀が折れてしまいそうな――いや、それどころか俺ごと呑み込まれそうな魔力の勢いだ。

「キューちゃん、大丈夫か⁉」

「はいっ！　ご主人様、もっと力をくれれば、なんとでも！」

相棒の言う通りに、俺はありったけの魔力を光属性へと変換して、一挙に放出する。

刀が眩しく光り始め、俺自身もまともに目を開けていられないほどの輝きに包まれていく。

それを刀の先へ伝えると、光と闇のせめぎ合いが始まった。

ここで負けたら、俺は取り込まれる。

必死に魔力を注ぎ込み続けるが、あと一押しが足りない。

そう思った時、左手首に光る腕輪が光り始めた。

アリアナもマリも、力を貸してくれたらしい。

こうなったらもう負ける気がしない。信頼できる仲間の力があるのだから。

「ボクも本気出しますよ～！」

二人に加えてキューちゃんの力添えもあり、ついに光の魔力が主上の身体へ届いた。

主上の巨体のすべてが白で包まれていく。

そんな眩しさに目を細めながら刀を押し込むと、主上の断末魔の叫びが響き渡った。

『……覚えていろ、人間。いずれ、いずれまた……』

目を開けると、そこにはもう化け物はいなくなっていた。

破壊された街だけが残っている。

「終わりですね、ご主人様！」

「……あぁ、うん。ありがとう、本当に助かったよ」

俺は目の前の光景に戸惑いつつ、キューちゃんの聖剣モードと召喚を解く。

ラディアを使うが、魔力の反応もたしかに消えていた。

本当に倒しきったらしい。

俺はとりあえず、空中に置いてきたままのアリアナのもとへ戻る。

彼女とともに地面へ降り立ってみれば、そこには粉々に砕けた不溶輝石だけが残っていた。

俺はしゃがんで、そのかけらを拾い上げる。

これならもう、魔力を際限なく吸い込むような特殊な力を発揮することはないだろう。

あれだけの強さを誇った魔族がこれで完全に消えたかと言うと、それは分からないが。

「やったね、タイラー。勝ったんだよ、私たち」

アリアナが俺の隣に屈んで言った。

彼女がVサインを作ってこちらへ向ける。

「うん、ありがとう。本当に助かったよ、アリアナのおかげで勝てた」

「私も、今回は本当にタイラーの力になれた実感がある。でも焦ったなぁ……タイラーが死亡フラグみたいなこと言った時は、どうしようかと思ったよ」

「おいおい……」

「で？　さっき言おうとしてやめたのって、なんだったの？」

「あぁ、それか」

言うなら今しかないと思った。

「アリアナ、好きだ」

本当は、もっと早くに言うつもりだった。

だって、ずっと前から、パーティを組むよりずっと前の幼い頃から、俺にとってアリアナは大切な人だったのだから。

パーティを追放されてからのこの約一年。

俺は本当に色々な人と出会った。マリにサクラ、フェリシー、ランディさん。

挙げていけばきりがないくらいだ。

アリアナとエチカだけだった大切な人が何人も増えた。

そんな経験をしたうえでも、改めて心からアリアナが大事だと思ったのだ。

「そ、そ、そ、それって……えぇぇぇぇ⁉」

「そんなに驚くようなことだったか……？　そんな反応されると俺の方が恥ずかしいな。というか……」

「ご、ごめん。でも、ちょっとわけが分からなくなっちゃって。えっと、それって、その家族的な意味でも友達的な意味でもなくて、その――」

俺は首を縦に振る。

それが引き金となったらしい。

アリアナの顔はみるみるうちに赤らんでいく。

いきなりぐらぐら揺れたかと思ったら、後ろへと倒れていった。

俺はそんな彼女の背中を支える。

この状態じゃあ今すぐに返事をもらうのは難しそうだ。

◇◆◇◆◇

魔族との激戦を終えた後も、俺たちはしばらくヴィティに滞在することとなった。

襲撃の影響が大きくて式典が延期になったのに加え、ここまで大きな魔族による反乱は初めてだったらしく、現場検証や事情聴取に時間を要したためだ。

俺たちは当事者として、闇属性の人たちのこと、魔族の企み、ネックレスの力など、知り得たことのすべてを話した。

そうした日々からやっと解放されたのは、戦いが終わってから二カ月以上経ってからだった。今から数週間前のことだ。

ようやく俺たちはミネイシティへと帰り、あれから数週間、平穏な日常を送っている。

最近はダンジョンにも足を運んでいない。そもそもダンジョンが物理的に封鎖されてしまったのだ。

事情聴取の際に、親父から聞いた情報も話した結果、ダンジョンと魔族に深い関わりがあったことが判明したため、しばらくは一般冒険者の探索を禁じて、国の機関が調査にあたるらしい。

空いた時間がたんまりあるのは、久しぶりのことだった。

その時間を使って、俺たちは街のあちこちへ外出した。

エチカは病気のせい、フェリシーはその出自が理由で、これまではどうしても行動が制限されていた。そんな二人に、色々な景色を見せてやりたかったのだ。

というわけで、俺たちが今日向かったのは――

「お兄ちゃん、ここだよね？」

「あぁ、うん。そこだな。まだあんまり汚れてないけど、拭いてやってくれ」

出身地であるトバタウンの郊外にある集合墓地だ。

ここには母親と親父が眠っている。

魔族として親父が亡くなったあの日から、ちょうど三カ月が経過した今日、俺たちは墓参りに来ていたのだった。エチカがここに来るのは初めてのことであった。

墓地が小高い丘の上にあるため、体調が悪く体力がなかった頃は、連れてこられなかったのだ。

墓参りには、他のみんなもついてきてくれた。

アリアナやマリ、サクラに手伝ってもらって、墓を磨き終える。

それから俺はしゃがみ込んで、その墓前に花束を手向《たむ》けた。

そのまま来ていた全員で、祈りを捧げようとする。

……といっても、フェリシーだけはサクラの背中で、ぐっすりと眠っていたけれど。

まぁ、彼女はまだ幼いから、今回の行動を理解できなくても仕方ない。

「起こしますか？　命の大切さを知るにはいい機会かと」

サクラの言葉に、俺は首を横に振る。

「それなら、もう分かってるだろうよ。魔族の仲間だった頃から、俺たちより壮絶《そうぜつ》な経験をしてきてるはずだからな。なら、わざわざ言わなくてもいいさ」

俺は再度目を閉じる。

それから両親に対して感謝の気持ちを込めて祈りを捧《ささ》げた。

今の幸せな日々があるのだって、二人のおかげなのだ。

二人の魂の安寧《あんねい》を、心の底から願う。

そうしてしばらくののち、目を開けた。

他のみんなはもう立ち上がっていた。

「そろそろ王都に行こっか。間に合わなくなるわよ、約束」

アリアナが腰を折り、俺に手を差し伸べる。

一応、彼氏と彼女という関係になって三カ月経ったが、いまだに慣れずにどきりとしてしまった。

俺がその手を取って歩き出すと、後ろからさっそく野次が飛んできた。

「あらあらあら。お二人ったら、お熱いですわね！　うふふ」

付き合うことになった後すぐ、マリには俺たちのことを報告していた。

最初に伝えた時、マリの反応は「いいですわね！　とってもお似合いです！」というものだった。

随分あっさり祝福してくれたことに、俺もアリアナも拍子抜けしてしまった。

まぁ、後でそのことをアリアナが聞いた際に、「わたくしは奴隷として愛を受け取りますからね！」とにこやかに言われて、俺はより驚かされたのだが……

なんとも価値観がぶっとんだ発言だった。

それでも隣に家を建てて、サクラとともにそちらに住もうかなんてことも言っていたから、一応本心から受け入れてくれているはずだ。

俺たちは墓地を後にして、次の目的地へ移動した。

すぐに馬車を掴まえて向かったのは、王都だ。

いつも活気のある大通りだが、今日はよりいっそう賑やかだ。

その理由は、今日この街において、延期されていた平和の式典が催されることになっているからである。

色々と検討されたようだが、結果として闇属性の一族を滅ぼした土地を「平和の地」と称するのは、ただ争いの種になるだけだと判断が下ったらしい。

そこで、王都での開催へと変わったのだ。

俺たちは大通りをまっすぐ北へと進み、行き当たったところにある城に入った。

すでに、使用人の迎えが来ていた。それについていって通された部屋に待ち受けていたのは、ノラ王女だ。

驚いたことに、そこにはランディさんの姿もあった。

「わ、みんな！　久しぶりすぎる〜!!」

この人は、本当に変わらない。

ランディさんは喜色満面《きしょくまんめん》、俺たちの方に近づいてきて一人一人の手を握っていく。

水色の髪をぴょんぴょん跳ねさせて、楽しげな様子だった。

一方のノラ王女はそれをただ上座から眺めていただけだ。

しかしその表情は、心なしか柔らかい。

「どうぞ、おかけになって。すぐに食事が出ますから」

俺たちが王城に来たのは、これが理由だ。

式典の前に、ノラ王女が食事に招待してくれたのだ。

彼女の雰囲気に、前のような堅苦しさはない。

「ノラ、そのお肉残しますの？　なら、くださる？」

「……お姉様。これはわたしが食べます。ゆっくり食べているだけです」

「んー、じゃあこのパンと交換というのは」

「嫌です」

ランディさんのような盛り上げ役がいることもあるが、ノラ王女が取り繕うことがなくなったのも大きく、明るい雰囲気で食事の時間が進んでいく。

料理を運び込んだ後は、食事会の場には使用人なども入れていなかった。

そのため、ノラ王女はマリのことを姉と呼んでいる。

世間には、まだマリの存在は秘密のままだ。

今なら王女の立場に戻ることもできる気はするが……

マリはそれを望んでいないし、ノラ王女も姉にそれを強要したくないのだろう。

賑やかに会が進む中、ノラ王女がこちらへと近づいてきた。

「それで、例の件のお返事は？」

そういえば夫になってくれないかと言われていたのだったっけ。

あの後に事件が続きすぎて、すっかり返答できていなかった。

俺はアリアナとの件も丁寧に説明して、それを断る。

「……そう、ですか。それでは仕方ありませんね。では、こちらはこちらのやり方で行かせていただきます」

「えっと、というと？」

「それは、お楽しみですよ。一つ言えるのは、わたしは諦めが悪いということです」

ふふふ、と不敵に笑うノラ王女。

その瞬間だけは、少し前までの、なにを考えているんだか読めない仮面の王女の顔が垣間見《かいまみ》えた。

食事会ののち、俺たちは式典会場へと移動する。

場所は王都の中心にある大規模集会所だ。

ドーム型になっている施設の観覧席へと移動する。

今回は邪魔が入ることもなく、プログラムは滞《とどこお》りなく進行していった。

「闇属性の一族についても、国民の一員と見なし、平等な権利を認めるものといたします」

その中で、ノラ王女がこう宣言した。

色々と検討した結果、彼らを受け入れることが平和に繋がると判断されたようだ。

もちろん、これだけで全てがうまく回るようになるわけではないだろう。

ただそれでも大きな一歩に違いない。

その後、プログラムはノラ王女の演説へと移る。

やはり彼女は人心掌握《じんしんしょうあく》の方法を心得ている。

大衆のほとんどが、ノラ王女の紡ぐ言葉に聞き入っていた。

演説はあっという間に終わった。

だが、拍手が起ころうとする手前で、ノラ王女がそれを止めた。

「一つ、ご報告がございます」

演説の時よりもさらに声を張り、彼女が前置きした。

いったい何を言うのだろう。

食事会での意味深な発言もあったから、なんとなく嫌な予感がした。

「わたしは、このたびのヴィティの一件で大きな成果をあげられたタイラー・ソリス様を伴侶《はんりょ》として迎えたいと希望しております。惚《ほ》れてしまいましたから」

その予感は的中してしまった。

『こちらのやり方』とはつまり、大衆の面前での公開告白だったのだ。

なんとも容赦ない作戦だ。

「ちょ、ちょっとタイラー⁉　あれ、どういうこと！」

「まぁノラったら……面白いことを言いますわね」

まさしく、青天《せいてん》の霹靂《へきれき》だった。

しかも大衆の一部が観客席にいる俺に気づき、「ここにいるぞ」と声を上げる。

「おぉ、英雄・タイラー様！」

「英雄様なら王女様ともお似合いだな」

そのせいで会場全体から、歓迎、祝福の声が上がり始めた。

会場の隅で警護を務めていたセラフィーノに至っても、渋々といった様子ながらも手を叩いている。

なんてことをやってくれたのだろう。

ノラ王女を見ると、小首を傾げて、にっこり笑みを浮かべていた。

作戦通りといった表情である。

「と、とりあえず退散しよう、みんな」

この状況でできることといえば、もう逃げるのみだ。

俺はアリアナやマリら全員を引き連れて、会場から出ようとする。

どうしてこうなるんだか。

これではやっと訪れた最近の平穏な日々がまた遠ざかってしまう。

考えてみれば、もうずっとだ。全属性の魔法を得てからというもの、まともに落ち着けていない気がする。

でも、こんな日々も決して悪くはない。

もみくちゃにされ、どうにか逃走しながらも、そう思うのであった。

Re:Monster
リ・モンスター
1〜9・外伝
8.5
暗黒大陸編1〜3
金斬児狐
Kanekiru Kogitsune
シリーズ累計
150万部
(電子含む)
突破!
2024年4月
TVアニメ
放送決定!!
ネットで話題沸騰!
怪物転生
ファンタジー
最弱ゴブリンの下克上物語 大好評発売中!
コミカライズも大好評!
【小説】
1〜9巻／外伝／8・5巻
◉各定価：1320円（10％税込）
◉illustration：ヤマーダ
新章
【小説】
1〜3巻（以下続刊）
◉各定価：1320円（10％税込）
◉illustration：NAJI柳田
【漫画】
1〜10巻（以下続刊）
◉各定価：748円（10％税込）
◉漫画：小早川ハルヨシ

子連れ冒険者ののんびりファンタジー!

神様のミスで命を落とし、転生した茅野巧。様々なスキルを授かり異世界に送られると、そこは魔物が蠢く森の中だった。タクミはその森で双子と思しき幼い男女の子供を発見し、アレン、エレナと名づけて保護する。アレンとエレナの成長を見守りながらの、のんびり冒険者生活がスタートする!

◉各定価：1320円（10%税込）◉Illustration：やまかわ　◉漫画：みずなともみ　B6判 ◉各定価：748円（10%税込）

神様の手違いで命を落とした、会社員の佐鳥冬夜《さとりとうや》。十歳の少年・トーヤとして異世界に転生させてもらったものの、ファンタジーに関する知識は、ほぼゼロ。転生早々、先行き不安なトーヤだったが、幸運にも腕利き冒険者パーティに拾われ、活気あふれる街・ラクセーナに辿り着いた。その街で過ごすうちに、神様から授かったお詫びギフトが無限に進化する規格外スキルだと判明する。悪徳詐欺師のたくらみを暴いたり、秘密の洞窟を見つけたり、気づけばトーヤは無自覚チートで大活躍!? ファンタジーを知らない少年の新感覚・異世界ライフ!

●定価:1320円(10%税込)　●ISBN:978-4-434-33475-7　●Illustration:たく

迷宮都市の錬金薬師
覚醒スキル【製薬】で
今度こそ幸せに暮らします!
前世がスライムだった僕、古代文明の絶滅スキルが覚醒!?
Oribe Somari
[著] 織部ソマリ
前世では普通に作っていたポーションが、
今世では超チート級って本当ですか!?

迷宮都市の錬金薬師
覚醒スキル【製薬】で
今度こそ幸せに暮らします!
[著] 織部ソマリ
Oribe Somari
前世がスライムだった僕、
アルファポリス
古代文明の絶滅スキルが覚醒!?
前世では普通に作っていたポーションが、今世では超チート級って本当ですか!?

この作品に対する皆様のご意見・ご感想をお待ちしております。
おハガキ・お手紙は以下の宛先にお送りください。

【宛先】
〒150-6019 東京都渋谷区恵比寿 4-20-3 恵比寿ｶﾞｰﾃﾞﾝﾌﾟﾚｲｽﾀﾜｰ 19F
（株）アルファポリス　書籍感想係

メールフォームでのご意見・ご感想は右のＱＲコードから、
あるいは以下のワードで検索をかけてください。

アルファポリス　書籍の感想　検索

ご感想はこちらから

本書は Web サイト「アルファポリス」（https://www.alphapolis.co.jp/）に投稿されたものを、改題・改稿のうえ、書籍化したものです。

えっ、能力《のうりょく》なしでパーティ追放《ついほう》された俺《おれ》が全属性《ぜんぞくせい》魔法使《まほうつか》い!? 4

～最強《さいきょう》のオールラウンダー目指《めざ》して謙虚《けんきょ》に頑張《がんば》ります～

たかた ちひろ

2024年　2月 29日初版発行

編集－小島正寛・仙波邦彦・宮坂剛
編集長－太田鉄平
発行者－梶本雄介
発行所－株式会社アルファポリス
〒150-6019 東京都渋谷区恵比寿4-20-3 恵比寿ｶﾞｰﾃﾞﾝﾌﾟﾚｲｽﾀﾜｰ19F
TEL 03-6277-1601（営業）　03-6277-1602（編集）
URL https://www.alphapolis.co.jp/
発売元－株式会社星雲社（共同出版社・流通責任出版社）
〒112-0005東京都文京区水道1-3-30
TEL 03-3868-3275
装丁・本文イラスト－たば（https://taba-com.tumblr.com/）
装丁デザイン－AFTERGLOW
印刷－中央精版印刷株式会社

価格はカバーに表示されてあります。
落丁乱丁の場合はアルファポリスまでご連絡ください。
送料は小社負担でお取り替えします。

ISBN978-4-434-33476-4 C0093